SAUERLÄNDER

Christine Nöstlinger wurde am 13. Oktober 1936 in Wien geboren. Aufgewachsen ist sie im Arbeitermilieu der Wiener Vorstadt, wo sie nach eigener Aussage allerdings als »besseres Kind« galt, da ihre Mutter einen Kindergarten leitete und ihr Großvater ein eigenes Geschäft besaß. Sie studierte Grafik, widmet sich aber seit 1970 ganz dem Schreiben. Seither hat sie mehr als 110 Bücher für Kinder und Jugendliche (und Erwachsene!) veröffentlicht, die in viele Sprachen übersetzt und u. a. mit der Hans-Christian-Andersen-Medaille und dem Astrid-Lindgren-Gedächtnispreis für Literatur gewürdigt wurden.

Weitere Informationen zum Kinder- und Jugendbuchprogramm der S. Fischer Verlage, auch zu E-Book-Ausgaben, gibt es bei *www.fischerverlage.de.*

Christine
Nöstlinger

ABC für Großmütter

Mit
Illustrationen
von
Christina
Bretschneider

SAUERLÄNDER

MIX
Papier aus verantwortungsvollen Quellen
FSC® C006701

6. Auflage 2013

Erschienen bei FISCHER Sauerländer

Erstmals erschienen 2006 bei Sauerländer
Umschlagillustration: Christina Bretschneider
Umschlaggestaltung: heike ossenkop pinxit, CH-Basel
Satz: Fotosatz Moers, Viersen
Druck und Bindung: CPI books GmbH, Leck
ISBN 978-3-7373-6273-3

Kleines Vorwörtchen

Über Großmütter sind allerorten jede Menge sehr freundlicher und sehr netter, sehr betulicher und sehr rührender, zudem sehr kitschiger, Pauschalitäten zu hören und zu lesen. Klarerweise sind sie alle, alle völlig falsch! Großmütter sind schließlich keine preiswerte Konfektionsware, in drei »Standard-Größen« sowie bei Extrem-Bedarf auch in »XXL« erhältlich!

In Wahrheit haben Großmütter einzig und allein eines gemeinsam: Seinerzeit, zu Müttern, haben sie sich selbst gemacht, zu Großmüttern hingegen wurden sie gemacht; egal, ob sie es wollten oder nicht!

Sich von ganzem Herzen rasend nach einem Enkelkind in Sehnsucht zu verzehren, hilft einer Frau rein gar nichts, wenn ein Sohn oder eine Tochter nicht willens ist, ein Kind zu gebären bzw. zu zeugen. Und hat eine Frau den festen Vorsatz, sich nach der mühseligen Aufzucht des eigenen Nachwuchses ein paar geruhsame, kinderfreie Jährchen zu gönnen, um endlich den eigenen Leib und die eigene Seele zu hegen und zu pflegen, bleibt dies genauso unerfüllter Wunsch, wenn es ihrem Nachwuchs beliebt, ihr Enkelkinder zu schenken; wobei

»schenken« ja nur für rare großmütterliche Ausnahmefälle wirklich zutrifft, denn üblicherweise »borgt« man den Großmüttern die Enkel bloß und behält sich ein »Rückgaberecht«. Und gar nicht so selten soll es vorkommen, dass die »Leihgebühr für ein Stück Enkel pro Wochenende« eine ziemlich hohe ist.

Man kann auch nicht selbst bestimmen, ob man im taufrischen Alter von zarten sechsunddreißig Lenzen zur vitalen, einsatzfreudigen, leistungsstarken Großmutter gemacht wird, die perfekte Hand- wie Kopfstände und Sirtaki-Tänze aufs Parkett legen kann, oder mit leicht ramponierten siebenundsiebzig, wenn die kaputten Bandscheiben knirschend protestieren, so man bloß mit einem etwas korpulent geratenen Kleinkind »Hopp-hoppa-Reiter-wenn-er-fällt-dann-schreiter« macht und einen der Transport eines Buggys samt Inhalt über sieben Stufen hoch dem flüssigen Schleimschlag nahe bringt.

Ich habe jedenfalls noch nie gehört, dass ein Elternpaar – oder ein nachwuchsfreudiger Single – seine »Familienplanung« nach den Bedürfnissen einer Großmutter des geplanten Nachwuchses gestaltet hätte. Und so ist auf dem Oma-Sektor von der Großmutter, die bloß zu Weihnachten und zum Geburtstag eine Fünf-Wörter-Pflicht-Glückwunschkarte von ihren Enkelkindern erhält, und der Großmutter, die ihren Enkelkindern zu Weihnachten und zu den Geburtstagen mangels intimerer Kenntnis der Enkel-Wünsche entsetzlich unpassende Grausgeschenke (ohne Umtauschmöglichkeit) postalisch übermittelt, über die dreimal wöchentlich babysittende und die Aufzuchtskosten zur Gänze finanzierende Großmutter bis zur »allein erziehenden« Großmutter einfach alles vorrätig.

Ein bisschen von dem, womit sich all diese sehr, sehr unterschiedlichen Großmütter herumschlagen und auseinander setzen müssen, worüber sie sich freuen und worauf sie stolz sein können, versuche ich in diesem Buch zu erzählen. Und sollte rein gar keine meiner Oma-Betrachtungen und kleinen Oma-Geschichten der werten Lebenserfahrung einer lieben Leserin oder eines lieben Lesers entsprechen, weil sie oder er nur ganz, ganz andere Omas kennt, wäre das eigentlich bloß ein weiterer Beleg dafür, dass Großmütter eben sehr, sehr verschieden sind.

Christine Nöstlinger
(Großmutter von Nette & Nando)

PS: Und da Großmütter nun einmal derart verschieden sind, erschien mir die einzige passable Möglichkeit, sie unter einen Hut bzw. zwischen zwei Buchdeckel zu bringen, meine Oma-Erkenntnisse – zugegebenermaßen reichlich unorthodox – alphabetisch von A bis Z zu ordnen.

A

wie Annerl, Agnes, Andrea und Alice

In manchen Familien ist es durch die Generationen hin Tradition, dass die Frauen als Urgroßmutter die Rolle der Großmutter übernehmen, weil die Mutter das Kind bleibt, während die Großmutter die Mutter spielt und neuerlicher »Rollenwechsel« erst stattfindet, wenn das Kind der Kind gebliebenen Mutter ein Kind zur Welt bringt. Verwirrend? Na sicher! Darum faszinierte mich ja auch seinerzeit, als ich noch ein Kind war, der in unserem Nachbarhaus ansässige und ausschließlich aus weiblichen Mitgliedern bestehende vierköpfige Familienclan der Dokupils so gewaltig.

Die Dokupil Annerl kam am Nachmittag oft in unseren Hof rüber, um mit mir und den anderen Kindern aus unserem Haus zu spielen. Kehrte ich dann am Abend zu meiner Mama in die Wohnung zurück und erzählte ihr empört, dass die Mutter der Annerl fuchsteufelswild zu uns in den Hof rein marschiert sei, die arme Annerl an einem Zopf gepackt und ihr eine saftige Doppelwatschen angedroht habe, wenn sie nicht »sofort nach Hause Nachtmahl essen kommt«, sagte meine Mutter: »Wie oft muss ich dir denn noch erklären, dass das ist nicht ihre Mutter ist? Das ist die Großmutter der Annerl!«

Aber ich beharrte jedes Mal hartnäckig: »Das war ihre Mutter! Der Annerl ihre Großmutter ist die dicke Frau mit dem Schnurrbart, die immer zu Mittag im Schlafrock und in den Schlapfen in die Trafik Zigaretten kaufen geht!«

Worauf meine Mutter dann, kopfschüttelnd ob meiner Sturheit, rief: »Kapier es endlich! Die Frau mit dem Schnurrbart, im Schlafrock und den Schlapfen, das ist die Urgroßmutter von der Annerl!«

Unentwegt versuchte sie mir beizubringen, dass die Mutter der Annerl die Agnes sei, das blutjunge Mädchen, das ich für ihre große Schwester hielt. Aber ich ließ mich nicht überzeugen, denn – so argumentierte ich messerscharf – die Annerl selbst werde doch am allerbesten wissen, wer ihre Mutter, wer ihre Großmutter und wer ihre Urgroßmutter sei. Und die Annerl hatte mir ganz genau erklärt, wie das war!

»Das Zuckerstück für den Storch, damit er mich aus Abrahams Wurstkessel herfliegt«, hatte sie mir anvertraut, »das hat schon die Agnes aufs Fensterbrett gelegt. Aber der Storch hat mich lieber der Mama gebracht, weil die Agnes nämlich damals noch viel zu jung für ein Baby gewesen ist.«

Trug ich meiner Mutter dieses so schlichte wie einleuchtende Argument vor, gab sie sich geschlagen, dagegen argumentieren wollte sie nie. Wahrscheinlich, weil das damals mit dem Storch noch eine ziemlich heikle Angelegenheit war und meine Mutter nicht so recht wusste, ob sie ihn zum »Ammenmärchen« erklären sollte oder nicht.

Sechzehn Jahre später hat wieder eine kleine Dokupil, Andrea hat sie geheißen, mit den Kindern in unserem Hof gespielt. Die hat zur Agnes Mama gesagt, und alle Kinder in der Gegend haben die Annerl für ihre große Schwester gehalten. Und angeblich gibt es jetzt in diesem Hof eine kleine Alice, die allen anderen Kindern erzählt, dass die Andrea ihre große Schwester sei, die Annerl ihre Mama und die Agnes ihre Großmutter. Wie sie das in Zeiten, wo weit und breit kein Kind mehr an den Storch und Abrahams Wurstkessel glaubt, plausibel erklärt, weiß ich nicht. Aber einem Kind fällt schließlich immer eine schöne Geschichte ein, die den anderen Kindern glaubhafter vorkommt als der langweilige Kram, den die Erwachsenen erzählen.

B

wie beruhigend und bequem

Sich kritisch einmischen, nämlich in den Erziehungsstil der Kindeseltern, das sollte man als Großmutter angeblich tunlichst nicht! Aber sehr viel von dem, was man angeblich nicht tun sollte, muss man manchmal tun. Nicht nur, weil man es nicht lassen kann, sondern auch, weil es schlicht und einfach goldrichtig ist.

Klarerweise ist es für eine Mutter und einen Vater sehr beruhigend und auch sehr bequem, wenn die Oma all ihre erziehlichen Maßnahmen für super, spitzig und perfekt hält, wenn sie ihren Enkeln nur erlaubt, was ihnen die Eltern auch erlauben würden, und ihnen streng verbietet, was ihnen die Eltern verbieten würden. Wenn sie sich also so verhält, dass ihre Enkelkinder zur felsenfesten Überzeugung kommen: Bei meiner Oma gelten haargenau die gleichen Regeln wie daheim bei meinen Eltern, also müssen diese Regeln richtig sein!

Sehr bequem ist das deshalb, weil dann das Kind daheim nie empört aufstampfen und greinen kann: »Aber meine liebe, liebe Omi erlaubt mir das doch auch immer!« Und sehr beruhigend ist es deshalb, weil die werten Eltern ihr eigenes Tun und Lassen in Sachen Kindesaufzucht umso weniger kritisch überdenken müssen, je mehr sich andere Personen genauso verhalten wie sie selbst.

Nur tritt halt sehr selten der schöne, harmonische Zustand ein, dass ein Vater, eine Mutter und zwei Stück Großmutter exakt die gleichen Vorstellungen von Kindererziehung haben. Und gegen seine eigenen, grundehrlichen Überzeugungen zu handeln, ist niemandem, und schon gar nicht einer Großmutter, zuzumuten. Außerdem wird kein Kind bloß deswegen »orientierungslos«, weil es bei seiner Oma etwas darf oder nicht darf, was daheim bei Mutter und Vater verboten bzw. erlaubt ist. Ganz im Gegenteil: Von klein auf zu lernen, dass es im Leben sehr verschieden zugeht, und sich darauf einstellen und damit zurechtkommen, ist kein so übles »Förderprogramm«!

Jedenfalls ist es völlig absurd, wenn manche Eltern meinen, die Großmutter müsse ihre Enkelkinder Punkt für Punkt nach einer von ihnen erstellten »Bedienungsanleitung« betreuen. Das darf jede Oma entschieden ablehnen! Ist doch zum Beispiel total hirnrissig, wenn der Papa, weil er mit der Mama zu einem Festerl gehen will, den Michael mit Zahnbürste und Pyjama zum Übernachten zur Großmutter bringt und biererernster Miene und erhobenen Zeigefingers verkündet: »Aber fernschauen darf der Michael heute bei dir nicht, er hat eine Woche Fernseh-Verbot, als Strafe für das Nichtgenügend auf seine Mathe-Schularbeit!«

Da darf jede Oma dem Sohn oder Schwiegersohn freundlich lächelnd erklären: »Tut mir sehr Leid, aber ich bin nicht Vollzugsgehilfin deines Justizsystems!«

Sie kann sogar, wenn ihr danach zumute ist, anmerken, dass ihrer Ansicht nach »Strafen« keineswegs bessere Leistung in der Schule zur Folge haben. Das muss sie ja nicht unbedingt im Beisein des Michael machen, aber selbst wenn sie es täte, wäre es noch nicht der pädagogische Weltuntergang. Es tut einem Kind nämlich manchmal ganz gut, wenigstens einen Menschen in seiner Umgebung zu wissen, der es durch Dick & Dünn verteidigt und so akzeptiert, wie es ist, ohne Einschränkungen, ohne Anforderungen!

Und überhaupt ist es schlicht und einfach so: Niemand kann ein abhängiges, machtloses, schutzbedürftiges Kind lieben, aber nicht »eingreifen«, sondern stumm und tatenlos zuschauen, wenn das geliebte Kind seiner Meinung nach schlecht behandelt wird und leiden muss! Und warum sollten es dann gerade Großmütter können? Na eben!

C wie Christkind

Weihnachten findet zwar – zum Ärger gar vieler Kinder – bloß einmal jährlich statt, aber in mancher Familie mit an Jahren kargem Nachwuchs schwelt in der Vorweihnachtszeit wochenlang ein unüberbrückbarer »Christkind-Konflikt«.

Moderne Eltern sind nämlich oft der festen Ansicht, dass man seine Kinder nie-nie-nie belügen dürfe, und daher lehnen sie auch die »Christkind-Lüge« ab. Und mindestens einer der beiden Omas bricht darob schier das Herz! Weil diese Oma meint, das rohe Elternpaar betrüge ihr armes Enkelkind um den allerschönsten aller »Kinderglauben«.

Diese Meinung mag wohl stimmen, aber nur dann, wenn sich die herzgebrochene Omi brav duckt und auftragsgemäß ebenfalls die Existenz des Christkindes leugnet. Ich kannte zum Beispiel ein kleines Mäderl, das jahrelang insgeheim verzweifelt darüber grübelte, welch schwere Schuld denn seine Familie auf sich geladen haben könnte, dass sich das liebe, gütige Christkind so hartnäckig weigere, bei seiner Familie am

Heiligen Abend zum Fenster rein zu fliegen, und deswegen alle Verwandten auf ewig dazu verdammt seien, die Geschenke selbst zu kaufen.

Wenn sich jedoch die Großmutter um der Eltern aufklärerisches Gerede kein bisschen schert, uneinsichtig bleibt und ihrem Enkelkind versichert, jeder Mensch könne sich irren, und in dem Fall irrten halt Mama und Papa ganz gewaltig, das wisse sie genau, denn sie habe das Christkind schon zweimal leibhaftig mit rot gefrorenem Näschen, klammen Fingerchen und hell schimmerndem Heiligenschein durch den verschneiten Tann fliegen gesehen, dann – das weiß ich aus eigener Erfahrung – kommt ein Kind zur schönen Ansicht: Es gibt das »ganz echte Oma-Christkind« und das »hausgemachte Mama-Papa-Christkind«, und das Kind ist damit sehr zufrieden. Welches der beiden Christkinder diesem Kind lieber ist, kann es sich aussuchen, und das wird wohl, je nach Alter und Charakter des Kindes, verschieden sein. Das mir bekannte, mit zwei Christkindern sehr gut lebende Kind jedenfalls, bekam einmal zu Weihnachten zwei Schachteln Ölkreiden. Vom Oma-Christkind eine kleine Schachtel mit sechs dünnen Stiften, vom Papa-Mama-Christkind eine riesige Schachtel mit achtundvierzig dicken Stiften. Es fand trotzdem die mickrige Kleinpackung viel schöner, und zwar mit der Begründung: »Die Farben leuchten doch viel mehr, weil sie vom ganz richtigen, echten Christkind sind!«

Und wenn wir schon beim Christkind sind, noch eine Kleinigkeit, die auch für Geburtstage, Namenstage und andere Geschenkanlässe gelten sollte: Die beiden Großmütter eines Kindes sind oft sehr unterschiedlich begütert. Ein Oma-Wettbewerb um die Enkelliebe, ausgetragen mit Geschenken, ist sehr, sehr unfair!

Klarerweise wird eine wohlhabende und dazu nicht speziell geizige Großmutter mehr für ihre Enkelkinder springen lassen als eine Großmutter, die jeden Schilling zweimal umdrehen muss. Aber ein Enkelkind, wenigstens bis zu einem gewissen Alter, braucht überhaupt nicht zu wissen, von welcher Großmutter welches Geschenk auf dem Gabentisch stammt. Die edlen Spenderinnen von Jeans, Kassetten, CD-Playern, Schwimmflossen, Zelten, Computern, Seidenkleidchen, Reitstunden und Chemie-Kästen müssen nicht per Kärtchen anzeigen, aus welcher Brieftasche welches Geschenk finanziert wurde. Das kränkt bloß die weniger finanzkräftige Großmutter, und bei den Enkelkindern zeitigt es ohnehin keinen Erfolg, weil Kinder, entgegen anders lautenden, bösartigen Behauptungen, wahrlich keine solch materialistisch eingestellten Biester sind, dass sie ihre Liebe nach dem Wert großmütterlicher Geschenke verteilen.

D

wie dick und dünn

Freilich gibt es auch Mütter, denen ihr schwer übergewichtiges Kind bloß »sehr kräftig« vorkommt, aber die Großmütter scheinen für diese Sorte von Fehlsichtigkeit besonders talentiert zu sein. Allerdings hege ich den Verdacht, dass viele Omas in Wirklichkeit die überzähligen Kilos ihrer runden Lieblinge sehr genau sehen, sich aber entschlossen haben, diesbezüglich eine Brille mit Mattscheiben zu tragen. Abstrudeln mit der mühseligen Verweigerung von Topfenkolatschen, Schinkensemmeln und Schokoladerippen sollen sich doch die Eltern! Und einmal die Woche ist schließlich keinmal, und zweimal – da laut Adam Riese zweimal null null ist – ist auch keinmal, und überhaupt: Wenn man das Enkerl nach der Fütterung mit drei Tellern Kaiserschmarrn in den Park führt und es dort dreißigmal auf die Rutsche klettern und runterrutschen lässt, sind doch garantiert – kalorienmäßig gesehen – 1,65 Teller Kaiserschmarrn wieder abgearbeitet!

Eine ethisch wertvollere Erklärung für schrankenlose großmütterliche Nahrungsabgabe wäre: Die Oma hat im Laufe ihres Lebens sehr viele Menschen »von klein auf« gekannt. Darunter waren zwirnsfadendünne Knirpse, die sich im Laufe des Heranwachsens zu Speckkugeln aufblähten, und fette Stöpsel, die sich zu rank-schlanken Erwachsenen mauserten. Also ist einer Oma Vermutung, dass ihres Enkels momentanes Übergewicht »keine Zukunft« haben müsse und sie es daher auf die sprichwörtliche leichte Schulter nehmen dürfe, so unrealistisch nicht.

Und dann gibt es natürlich auch noch ganz spezielle Gründe, warum Großmütter nicht widerstehen können, einem dicken Kind eine zusätzliche Kalorienportion zu spenden! Bei der Großmutter Schuster zum Beispiel waren es die Augen vom kleinen Anatol, die keine Nahrungsverweigerung zuließen, und wer glaubt, dass ich die folgende Oma-Schuster-Geschichte frei erfunden habe, der weiß einfach nichts von Oma-Herzen!

Der Anatol hatte braune Augen mit senfgelben Sprenkeln. Aber wenn er traurig war, wurden die Augen schwarz, tiefschwarz, ohne senfgelbe Sprenkel. Wenigstens sah die Oma Schuster das so. Schaute sie in diese tiefschwarzen Augen, wurde ihr weh ums Herz und im Hals eng. Alles Leid der Welt lag für sie in diesen Augen. Sie konnte dann einfach nicht anders, als ganz schnell etwas tun, damit sich die Augen wieder braun färbten, mit senfgelben Sprenkeln; und schwer war das meistens ja auch nicht. Weil der Anatol nur traurig war, wenn er nichts zu essen bekam, und zu essen gab es bei der Oma Schuster immer genug. Dumm war nur, dass die Mama und der Papa streng verboten hatten, dem Anatol mehr als Knäckebrot, Karotten und Magerjoghurt zu geben. Der Anatol sollte nämlich abnehmen. Mindestens sieben Kilo, hatte der Arzt gesagt. Seine Lehrerin hatte dem Papa und der Mama auch ins Gewissen geredet. Der Anatol sei das Gespött der Kinder, hatte sie gesagt, weil er wie eine lahme Ente watschle, wie ein Druckkochtopf schnaufe und bei geringster Anstrengung seine Klamotten waschelnass schwitze.

Ein Jahr lang traktierten die Mama und der Papa den Anatol mit Karotten, Knäckebrot und Magerjoghurt, aber es nützte nichts. Weil der Anatol unter der Woche jeden Nachmittag bei der Oma Schuster war und die es nicht schaffte, in die tiefschwarzen Augen vom Anatol rein zu sagen: »Mozartkugel kriegst keine, Karotten kannst haben!« Dabei war auch der Oma Schuster klar, dass ein Kind abspecken sollte, wenn man von jeder seiner neuen Hosen den Hosenbeinen 50 cm wegschneiden muss! So fand sie es auch gar nicht falsch, als die Mama und der Papa nach dem erfolglosen Diätjahr sagten: »So geht's nicht. In den Ferien kommt der Anatol für vier Wochen in ein Spezial-Kinderheim, zum Abspecken!«

Aber als die Ferien da waren und der Anatol im Abspeck-Heim war, ging es der Oma Schuster schlecht. Tag und Nacht, im Wachen wie im Träumen, verfolgten sie die tiefschwarzen Augen vom Anatol. Und dann kam eine Karte vom Anatol! Vorne drauf war das Heim. Zu einem Fenster im ersten Stock vom Heim, dem dritten von links, hatte der Anatol einen Pfeil gemalt und unter den Pfeil geschrieben: »Da schlafe ich.« Auf der Rückseite stand: »Ab heute bin ich allein im Zimmer. Den Robi hat seine Mama abgeholt, wegen dem großen Heimweh.«

Angesichts dieser Botschaft verkrampfte sich Oma Schusters Herz. Allein war das Kind! Einsam, hungrig! Und seine brutalen Eltern holten es nicht ab! Aber wenn eine Großmutter schon gemeinerweise nicht das Recht hat, ihren Enkel vom Orte der Qual abzuholen, so kann sie doch wenigstens in seiner Nähe weilen. Ihn von ferne beobachten, um einzugreifen, bevor er völlig verzweifelt. Und vielleicht – Oma Schuster hatte eine esoterische Ader – spürt ein Kind ja, dass eine liebende Person in der Nähe ist. Jeder Mensch hat schließlich eine Aura, und wie weit die strahlen kann, wenn es sein muss, weiß man nicht!

Oma Schuster packte also das Nötige in eine Reisetasche, hinterließ auf dem Anrufbeantworter von Anatols Eltern die Nachricht, sie fahre zu ihrer Kusine, eilte mit der Reisetasche zum Auto und brauste los.

Am Abend erreichte sie den See, an dessen Ufer das Abspeck-Heim gelegen war. Sie mietete sich in einer Pension ein, ließ sich den Weg zum Heim erklären und spazierte dann im hellen Mondenschein die Uferpromenade entlang, in die angegebene Richtung. Drei Minuten später stand sie vor einem hohen Zaun, dahinter waren Sträucher, die ihr den Einblick in den Heimgarten verwehrten. Aber Oma Schuster sah, dass der Zaun am Seeufer endete und der Wasserstand dort kein hoher war. So verließ sie die Uferpromenade und kletterte die Uferböschung abwärts, dem still ruhenden See zu. Dort angekommen, zog sie ihre Sandalen aus, klemmte sie unter eine Achsel, krempelte die Hosenbeine hoch, watete das letzte Stück Zaun entlang in den See rein und an der anderen Zaunseite entlang aus dem See raus. Als sie trockenen Boden unter den Fußsohlen spürte, zog sie die Sandalen an und ging über einen Spielplatz mit allerlei Gerätschaft auf eine Baumgruppe zu, hinter der sie das Heim vermutete. Sie hatte richtig vermutet. Mucksmäuschenstill und friedlich, wie im Dornröschenschlaf, lag das Heim dicht vor ihr, nachdem sie die

Baumgruppe durchschritten hatte. Alle Fenster im Haus standen offen, aber nur hinter einem Fenster, dem dritten von links, im ersten Stock, brannte noch Licht. Mattes Licht, wohl von einer Nachttischlampe.

Oma Schusters Herz krampfte sich zusammen, so schmerzhaft wie noch nie! Alle, alle im Haus schliefen schon, nur ihr armer Anatol war noch wach, saß wohl auf der harten Bettkante, einsam, traurig, hungrig, und starrte mit tiefschwarzen Augen in die Nacht, ohne zu ahnen, dass kaum vier Meter entfernt seine ihn liebende Omi im Garten stand! Tränen traten Oma Schuster in die Augen, sie griff in den Hosensack um ihr Taschentuch und spürte zwischen den Fingern etwas glattes, hartes Rundes. Eine Mozartkugel! Anatols Lieblings-Leckerbissen, Anatols begehrtestes Betthupferl. Das musste einfach ein Fingerzeig des hilfreichen Schicksals sein.

Oma Schuster holte die Mozartkugel aus dem Hosensack, hob den Arm, zielte auf das helle Fensterviereck und warf! Dann kehrte sie dem Heim den Rücken und jappelte eiligst seewärts. Dass die Mozartkugel ihr Ziel nicht verfehlt hatte, dessen war sich Oma Schuster völlig gewiss. Für die ehemalige Mittelstürmerin eines siegreichen Mädchen-Fußballteams war solch Wurf ein lächerlicher Klacks. Und zudem war der Flug der Mozartkugel ja im hellen Mondenschein gut zu verfolgen gewesen.

Zwei Wochen weilte Oma Schuster am See. Die Vormittage vertrieb sie sich mit einem netten, weißhaarigen Herrn bei erfreulichen Gesprächen auf langen Spaziergängen, die Nachmittage verbrachte sie mit zwei heiteren Damen im Strandcafé bei Campari-Orange, und jeden Abend, nach Einbruch der Dunkelheit, marschierte sie allein die Uferpromenade entlang, dem Zaun vom Kinderheim zu. Mit einer ganzen Schachtel

Mozartkugeln und einem Plastiksackerl, weil es bequemer war, die Sandalen darin zu verstauen, als sie unter die Achsel zu klemmen.

Die erhöhte Ration an Mozartkugeln war ihrer Meinung nach angebracht. Sie kannte doch ihren Anatol. Ein Kügelchen allein schaffte es nicht, seine Augen braun mit senfgelben Sprenkeln zu färben, da brauchte es schon ein Kügelchen als Draufgabe, oder zwei – oder drei – oder am besten vier oder fünf! Und noch eine oder zwei für den Fall, dass eine oder zwei hinters Bett rollten und es der Anatol nicht merkte.

Am Tage, an dem die Oma Schuster vom Besuch bei ihrer Kusine heimkam, kam auch der Anatol heim. Sieben Kilo und zehn Gramm hatte er abgenommen. Wunderbar stand ihm das! Er watschelte nicht mehr wie eine Ente, schnaufte nicht mehr wie ein Druckkochtopf, schwitzte nicht mehr bei der geringsten Anstrengung seine Klamotten nass, und weil seine Wangen und seine Stirn nun nicht mehr so dick waren, kam die Schönheit seiner braunen, senfgelb gesprenkelten Augen viel besser zur Geltung.

Der Oma Schuster erzählte er am Abend dann: »Der, der im Zimmer nebenan gewohnt hat, der hat sich geheim Mozartkugeln gekauft. Bei der Zimmerkontrolle ist das aufgeflogen, und der Depp hat gelogen, dass ihm die Mozartkugeln sein Schutzengel jede Nacht zum Fenster rein wirft. So was von blöder Ausrede!«

Na ja, da hatte sich der Anatol eben beim Pfeilmalen auf der Ansichtskarte ein bisschen vertan. Er hat schließlich nicht ahnen können, dass das etwas ausmacht.

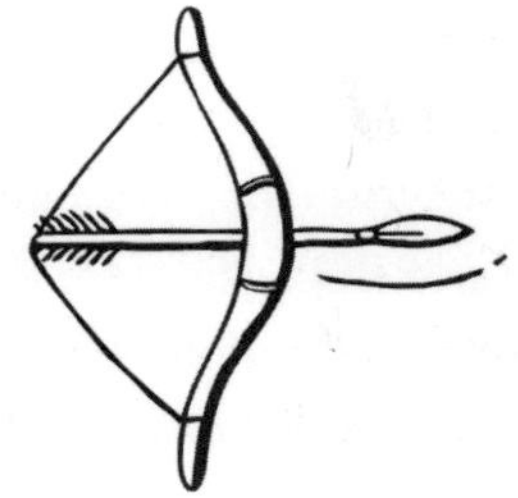

E
wie Eifersucht

Eifersüchtig kann im Grunde in einer Familie jeder auf jeden sein. Soweit die Eifersucht Großmütter betrifft, gibt es aber üblicherweise als »aktive« Form bloß die Eifersucht auf die »andere Oma«, wenn die Enkel diese Konkurrentin in Sachen Liebe ungehörig bevorzugen.

Der Möglichkeiten hingegen, dass Familienmitglieder die innige Beziehung zwischen einer Großmutter und einem Enkelkind eifersüchtig verfolgen, sind gar viele. Etwa ihre anderen Enkelkinder, die nicht verstehen können, warum ihre Oma gerade diesen blöden Kerl oder diese dumme Gans dauernd bevorzugt. Klarerweise kann auch der Ehemann der Großmutter eifersüchtig sein, weil sich seine Frau, seit sie ein Enkelkind hat, nicht mehr in alter Güte um ihn kümmert und in seiner Hege und Pflege gröblichst nachgelassen hat.

Eine besonders aparte Variante der Eifersucht ergibt sich, wenn eine erwachsene Frau eifersüchtig ist, weil ihre Mutter zu ihrem Kind wesentlich liebevoller ist als seinerzeit zu ihr, als sie selbst ein Kind gewesen ist. Ihrem Kind lastet sie das natürlich nicht an, dem gönnt sie die großmütterliche Liebe uneingeschränkt. Aber der Großmutter nimmt sie es sehr, sehr übel! Ist ja auch verständlich. Viele Jahre lang hat sie sich eingeredet, dass ihre Mutter eben keine sehr gefühlvolle, weiche Frau sei, sondern verschlossen, distanziert und hart. Nun muss sie sehen, dass das gar nicht stimmt! Diese Frau kann zärtlich streicheln und Küsschen hauchen, sanft trösten, verzeihen und unendlich geduldig sein! Da drängt sich, ohne dass man etwas dagegen tun kann, die Frage auf: Warum konnte sie das bei mir nicht? Und die Antwort ist schnell gegeben: Weil sie MICH eben nicht geliebt hat!

Eineinhalb Jahrzehnte lang etwa erstattete mir eine Freundin – nennen wir sie Anna – dreimal die Woche, zweimal telefonisch, einmal von Angesicht zu Angesicht, Bericht darüber, um wie viel geduldiger, liebevoller und einsichtiger sich ihre Mutter schon wieder mal zu ihrer Tochter verhalten habe als seinerzeit zu ihr. Da hörte ich: »Einfach unmöglich hat sich das Kind im Restaurant benommen, dann hat sie noch ihr Cola-Glas umgeworfen, und meine Mutter hat gesagt, so was passiert halt, und schließlich bezahle man in dem Lokal genug, da könne man vom Ober erwarten, dass er ein neues Tischtuch aufdeckt! Seinerzeit, bei mir, da hat es geheißen: Benimm dich gefälligst, oder du bleibst das nächste Mal zu Hause!«

Oder Jahre später: »Um sechs hätte der Fratz daheim sein sollen, wie er um acht gekommen ist und ich geschimpft habe, hat meine Mutter gesagt, ich soll mich beruhigen, Kinder verplaudern sich leicht, die haben noch keinen Zeitbegriff. Wenn ich als Kind nur um zehn Minuten zu spät daheim war, hat sie mir eine Watschen gegeben!«

Und wieder Jahre später: »Es ist nicht zu fassen! Jetzt erklärt meine Mutter glatt, nicht ihre Enkeltochter sei faul, die Lehrer seien schlecht! Wenn ich seinerzeit einmal gesagt habe, dass eine meiner Lehrerinnen unmöglich sei, ist sie mir gleich über den Mund gefahren. Rede dich nicht auf die Lehrer aus, wenn du stinkfaul gewesen bist, hat es da geheißen!«

Bis zur »ersten Liebe« vom Kind bzw. Enkelkind habe ich mir das von Anna anhören müssen. »Jetzt sagt meine Mutter, ich soll Vertrauen zu meiner Tochter haben, sie tut sicher nichts Unrechtes und weiß, wie weit sie gehen kann! Das hätte ich auch einmal gern von ihr gehört, aber bei mir, da hat es ja geheißen: Kommt absolut nicht in Frage, dass du am Abend mit einem Burschen weggehst, dafür bist du viel zu jung!«

Zwei Gründe sind es wohl meistens, warum aus einer strengen, misstrauischen Mutter eine gütige, vertrauensvolle Großmutter wird. Der eine: Mütter tragen üblicherweise die Verantwortung für ihre Kinder mutterseelenallein, auch wenn ein Vater im Haushalt wohnt. Und die Last dieser Verantwortung macht sie sehr oft streng, wenn nicht sogar ungerecht. Großmütter hingegen, wenn sie nicht gerade allein erziehende sind, spüren diese Verantwortung nicht auf sich lasten. Das ermöglicht Milde, Güte, Einsicht und Toleranz! Sie müssen sich ja nicht fürchten, dass man ihnen die Schuld gibt, wenn »was schief geht«, denn wenn was schief geht, fragt die werte Mitmenschenschaft garantiert: »Was hat denn die Mutter falsch gemacht, dass ihr Kind derart missraten kann?«

Der andere Grund: Der Mensch ändert sich im Laufe seines Lebens, und hat er sich verändert, ahnt er rückblickend, dass er sich nicht immer richtig verhielt, und versucht, die alten Fehler nicht mehr zu begehen. Aber nichts ist schwerer, als sich und den anderen zuzugeben, dass man sich als Mutter oft falsch verhalten hat. Deshalb, weil man den Müttern doch unentwegt einredet, ausschließlich von ihrem Verhalten hänge das Glück der Kinder ab! Und so schafft es mitunter nicht mal eine siebzigjährige Frau, sich bei ihrer vierzigjährigen Tochter für die Ohrfeigen, die sie ihr vor dreißig Jahren gegeben hat, zu entschuldigen, und beharrt stur darauf, dass sie alle, alle »verdient« waren und das Enkelkind eben nicht so ein Satansbraten wie seine Mutter sei, also keine Watschen »verdiene«. Vielleicht könnten sich vergrämte Töchter Folgendes sagen: Meine Mutter schafft es zwar nicht, offen und ehrlich mit mir darüber zu reden, was sie bei meiner Erziehung falsch gemacht hat, aber sie will es mir dadurch zeigen, dass sie sich zu meiner Tochter so verhält, wie ich mir gewünscht hätte, dass sie zu mir wäre! Sie betreibt Wiedergutmachung in der nächsten Generation, und als Christenmensch ist mir klar, dass Reue und Buße mindestens so wichtig sind wie Beichte!

Aber natürlich wäre es trotzdem nett gewesen, hätte die Mutter meiner Freundin Anna einmal, wenigstens ein einziges Mal, zu ihrer Tochter gesagt: »Es tut mir ehrlich Leid, dass ich zu dir so oft hart und ungerecht war, damals habe ich gedacht, ich mache es richtig, heute weiß ich, dass es falsch war!« Zumindest mir hätte das allerhand nervendes Zuhören erspart.

F wie Freunde & Freundinnen

Jeder weiß, dass sich »Kinder ihre Freunde selbst aussuchen«, nur folgt halt meistens dem Selber-Aussuchen ein zähes Gerangel um das »Behalten«, weil erwachsene Familienmitglieder meinen, das Kind habe in seinem Unverstand falsch ausgesucht. Manche Großmutter ist diesbezüglich abgeklärt, schließlich hat sie bereits an ihren Kindern erlebt, dass man wenig dagegen tun kann, wenn so ein Stöpsel seine Zuneigung an ein unwürdiges Objekt vergeudet. Gibt freilich auch hartnäckige Frauen, die stur bei der nächsten Generation wieder versuchen, lenkend einzugreifen. Das ist ja auch verständlich, wenn es nicht gerade um spießig-kleinkarierte Vorstellungen von »schlechtem Umgang« geht, sondern schlicht darum, dass man sein Enkelkind vor Kummer, Enttäuschung und bitterer Erfahrung schützen will. Und das fängt schon im Windelhosen-Alter an!

Da sitzt die Wuzi-Oma (keine Ahnung, wie die zu diesem Namen kam) auf der Parkbank und beobachtet ihren kleinen Burschi in der Sandkiste. Sie sieht natürlich auch das kleine, reizende Mäderl, das dem Burschi so allerliebst zulächelt, ihm sogar zwecks Anbahnung einer Sandkistenfreundschaft ihr rotes Küberl andient. Und was macht der Burschi? Er ignoriert Mäderl und Küberl und bietet seinerseits einem verschlagen dreinblickenden Gnom seine blaue Backe-backe-Kuchenform an! Der Gnom wirft ihm zum Dank eine Hand voll Sand in die Augen. Aber vernünftig macht das den Burschi nicht! Kaum haben die Tränen den Sand aus seinen Augen geschwemmt, stolpert er wieder auf den Gnom zu und wirbt um einen freundlichen Blick. Da muss man doch eingreifen und den Burschi locken: »Schau, Burschi, das liebe Mäderl will mit dir spielen!« Und da der Burschi erst acht Kilo wiegt, kann man ihn auch – bevor er eine zweite Ladung Sand in die Augen kriegt – hochheben und neben dem reizenden Mäderl absetzen. Hilft natürlich nichts, aber probiert hat man es wenigstens.

Ebenso muss die Wuzi-Oma sieben Jahre später probieren, dem Burschi die Bea auszureden. Bringt doch nichts, wenn er in der Schule neben ihr sitzt! Sie tratscht dauernd, lenkt den Burschi vom Lernen ab, stibitzt ihm den roten Buntstift, spricht hinter seinem Rücken schlecht über ihn und erzählt ihm ordinäre Witze, die der naive Burschi gar nicht versteht!

Wieder sieben Jahre später muss sie versuchen, den Burschi davon abzuhalten, sich mit dem Alexander zu treffen. Der hat nämlich einen tätowierten Kohlweißling auf der rechten Wange, acht Silberringerln im linken Ohrwaschel und ein Silberkugerl im rechten Nasenflügel, spart auf eine Honda und schaut so aus, als ob er für die Freigabe von Haschisch wäre. Und der Burschi ist doch so leicht zu beeinflussen, macht immer die nach, die er bewundert!

Und sollte die Wuzi-Oma ein biblisches Alter erreichen, wird sie wohl auch noch versuchen, dem fünfzigjährigen Burschi auszureden, dass er mit seinem Bürokollegen kegeln geht! Denn der hat angeblich nicht nur fürs Kegeln etwas übrig, sondern auch für Seitensprünge. Und der Burschi ist ja immer noch so leicht beeinflussbar und orientiert sich immer noch an seinen Freunden! Darum sollte er vernünftig sein und lieber mit seinem Nachbarn in den Männergesangsverein gehen, noch dazu, wo er so eine wunderbare Singstimme hat, die seit Jahrzehnten brachliegt!

Aber hoch ist der Wuzi-Oma anzurechnen, dass sie jedes Mal nur dezent seufzt, wenn sie erfahren muss, dass der Burschi wieder von einem der »selber ausgesuchten« Freunde bitter enttäuscht wurde und dass sie noch nie gesagt hat: »Hättest du halt auf deine Großmutter gehört, dann wäre dir das erspart geblieben!«

G wie Geld

Über Geld zu reden, ist äußerst unfein, halten wir das äußerst Unfeine also kurz und geben nur einen simplen Rat: Geld zur Förderung eines Enkels zu spenden, ist recht löblich. Es ist auch einzusehen, dass man gar oft die Eltern des Enkels finanziell fördern muss, damit es dem Enkel gut geht. Weil ein Kind dringend eine harmonische Umgebung braucht und Geldknappheit Disharmonie erzeugt. Aber keine Großmutter sollte sich unbedacht in die Lage bringen, dass man mit ihrer finanziellen Unterstützung so fest rechnet, dass sie zur Standard erhaltenden »Pflicht« wird.

So wie der Frau Hodina sollte es einem jedenfalls nicht gehen. Die wird demnächst fünfundsiebzig Jahre alt und steht noch immer in ihrem Blumengeschäft, obwohl sie wirklich nicht gesund ist und sich nach dem Ruhestand sehnt. Fragt man sie, warum sie sich diese Sehnsucht nicht hurtig erfüllt, sagt sie seufzend: »Von meiner Rente könnte doch mein Enkerl nicht studieren, und sein Auto müsste er auch aufgeben! Nein, nein, bis mein Kurti seinen Doktor hat, muss ich schon noch durchhalten.«

Ob es zudem richtig ist, dass die Frau Hodina diesem Enkel Studium, Auto und sonstige Bedürfnisse finanziert, ihrem anderen Enkel aber nur kleine Geschenke zu den üblichen Anlässen spendet, weil der ohnehin sein eigenes Geld verdient und seine Eltern ihm auch reichlich geben, weiß ich nicht. Das kann man so oder so sehen, und wie man es auch sieht, ist es falsch.

H wie heiraten

Die Zeiten, in denen »ein lediges Kind« für die ganze ehrenwerte Familie »eine Schande« war, sind vorbei, und auch damals hat es angeblich reichlich Großmütter gegeben, die einen »Schandfleck« genauso liebten wie ihre »in Ehren« gezeugten – oder wenigstens geborenen – Enkel. Heutzutage gibt es gottlob keine Schandfleck-Kinder mehr, und Mütter, die »Verlasse mein Haus, du bist mein Kind nicht mehr!« schreien, wenn das Kind ein Kind kriegt, sind Rarität geworden.

Keine Rarität allerdings sind nun Großmütter, die nicht verstehen, dass die Eltern ihres Enkels in allerschönster Harmonie zusammenleben, aber partout nicht heiraten wollen. Das ist für viele Großmütter enorm beunruhigend. Weil man, ihrer Vorstellung nach, den Bund fürs Leben amtlich besiegelt, wenn man einander liebt. Und so nagt, trotz aller augenscheinlichen Liebe der Kindeseltern zueinander, in der Oma ein Wurm, der ihr zuraunt: Irgendetwas kann da nicht stimmen!

Zudem gibt es auch die eine oder andere Großmutter, die sich vor ihren Nachbarn und ihren Bekannten geniert, wenn ihre Tochter »in wilder Ehe lebt«; bei Söhnen ist das merkwürdigerweise kaum der Fall. Das neue österreichische Namensrecht kann aber helfen, solch »wilde Ehe« zu vertuschen, falls es eine Großmutter mit der Wahrheit nicht allzu genau nimmt.

Oma Wondraschek etwa sagte den Nachbarn, ihre Tochter habe bei der Heirat den Mädchennamen behalten, und Tochter und Schwiegersohn hätten beschlossen, die Kinder sollten wie die Mutter heißen, weil Wondraschek ein weitaus schönerer Name als Zanke sei. Darum heiße ihr Enkel Wondraschek!

Und sich selbst sagte sie tröstend: »Das ist ja keine richtige Lüge, es könnte doch sein, dass sich die Sturköpfe besinnen und zum Standesamt gehen, und falls das passiert, habe ich nur den Tatsachen vorgegriffen!«

In schlaflosen nächtlichen Stunden sagte sie sich sogar: »Wäre möglich, dass die beiden bereits geheiratet haben und es mir bloß nicht sagen. Ich kenne doch meine Tochter, die will ja nie zugeben, dass ihre Mutter immer Recht hat und am besten weiß, wie man leben soll.«

Aber nun ist Oma Wondraschek in Bedrängnis und hat, wie man das modisch nennt, Erklärungsbedarf! In drei Wochen will ihre Tochter tatsächlich den Kindesvater heiraten, und das nicht in aller Stille, sondern mit einem großen Fest, zu dem sie alle Bekannten der Familie einladen will, auch die Nachbarn ihrer Mutter.

Wie soll Oma Wondraschek nun die Sache erklären? Vielleicht, dass Tochter und Schwiegersohn acht Jahre nach der Trauung ihre Hochzeitsfeier nachholen, weil sie damals nicht genug Geld für eine teure Festlichkeit hatten? Oder gar, dass sich die beiden zwischendurch mal schnell scheiden ließen, den Irrtum eingesehen haben, und nun wieder heiraten? Alles ziemlich lächerlich! Fast ist Oma Wondraschek schon so weit, dass sie zur Tochter sagt: »Lasst den Unfug mit dem Trauschein, wozu soll das gut sein, wer heiratet denn heute noch? So ein Fetzen Papier hat doch mit einer guten Beziehung überhaupt nichts zu tun!«

I wie Intelligenz

Die eigenen Enkel für sehr intelligent zu halten, ist im Grunde jeder Großmutter Pflicht, und tatsächlich weigern sich ja nur wenige Großmütter, diese Pflicht zu erfüllen. Und wenn es einer klarsichtigen Großmutter trotz bestem Willen nicht gelingt, das Enkelkind intelligenzmäßig ins »obere Drittel« einzureihen, weiß sie üblicherweise auch, woran das liegt. Nämlich daran, dass dieses Kind leider nicht nach ihrer Tochter oder ihrem Sohn »geraten ist«, sondern nach der Schwiegertochter oder dem Schwiegersohn.

Eine Großmutter, die zu ihrer Tochter sagt: »Reg dich bloß nicht auf, deine Tochter kapiert halt genauso langsam wie du als Kind!«, ist der Ausnahmefall, nicht die Regel.

Bei mehreren Enkelkindern kann eine Großmutter natürlich nicht umhin, Unterschiede – wenigstens insgeheim – wahrzunehmen. Und das kann problematisch werden, wenn einem zwei Töchter zu gleicher Zeit je einen Enkel bescheren.

Die Frau Birninger zum Beispiel hat zwei solche Töchter, die Marion und die Andrea. Die Tochter der Marion, die Madleine, ist in derselben Woche zur Welt gekommen wie die Tochter der Andrea, die Anette. Da ihr die beiden Kinder an Wochenenden oft zur Betreuung überlassen werden, kann Oma Birninger klarerweise nicht umhin, Vergleiche und aus denen Schlüsse zu ziehen.

Als sich die Anette noch mit »da-da-da« verständlich zu machen versuchte, beherrschte die Madleine »Drei-Wort-Sätze« perfekt. Als die Madleine mühelos das Holz-Puzzle zusammenfügen konnte, hielt die Anette die Puzzle-Teile noch für Beißring-Ersatz. Als die Madleine bereits Türkis und Erbsengrün unterscheiden konnte, tat sich die Anette mit den vier Grundfarben noch sehr schwer, und sie bemühte sich erfolglos, einen Zweizeiler für Opas Geburtstag im Kopf zu behalten, während die Madleine alle Texte ihrer vielen Bilderbücher auswendig hersagen konnte. Und das Memory-Spiel verbannte Oma Birninger überhaupt auf den Dachboden, weil sie es einfach nicht mitansehen mochte, wenn die Madleine so hurtig wie fehlerfrei Kärtchen um Kärtchen aufdeckte, aber die Anette ewig lang ratlos vor dem Kärtchen-Geviert saß, um schließlich zögerlich einen Apfel und ein Auto aufzudecken; wofür sie von der Madleine ein hämisches Grinsen einheimste.

Oma Birninger wäre mit diesem unterschiedlichen Verhalten ihrer Enkeltöchter ganz gut zurechtgekommen. Schließlich hatte Anette jede Menge liebenswerter Eigenschaften, die Madleine nicht hatte. Sie war bescheidener, geduldiger, auch lustiger als ihre Kusine, dazu noch zärtlicher, offenherziger und gutmütiger. Und das, fand Oma Birninger, wiege einen hohen Intelligenz-Quotienten bei weitem auf.

Leider war aber offenkundig, dass ihre Tochter Andrea das nicht so sah. Die verzweifelte schier darob, dass ihr Kind nicht konnte, was für ihre Nichte ein »Kinderspiel« war. Und das wurde von Jahr zu Jahr ärger. Giftgrün wurde sie vor Galle, wenn die Anette mit einem Dreier auf die Ansage heimkam und mit einem Vierer auf die Rechenarbeit, und das Giftgrüne bekam neidgelbe Tupfen, wenn ihre Schwester Marion dann noch in aller angeblichen Unschuld eins draufsetzte und sagte: »Also, von unserer Madleine kennen wir gar nicht anderes als Einser!« Einsehen, dass es wirklich nicht Faulheit war, was der Anette ständig die Dreier und die Vierer eintrug, wollte sie auch nicht.

Dauernd musste das arme Kind hören: »Du könntest ja, wenn du nur wolltest, stinkfaul bist du, dauernd wegträumen tust du dich, wenn man dir was erklärt! Nimm dir ein Beispiel an deiner Kusine, was die kann, wirst du doch auch noch können!« Und damit sich die Anette das zu Herzen nahm, gab es für die schlechten Noten Taschengeldentzug und Hausarrest und manchmal auch eine Tachtel.

Da war es für Oma Birninger klar: Ich habe meine Liebe nicht auf beide Enkeltöchter im herkömmlichen Sinn »gerecht«, also halbe-halbe, zu verteilen, sondern darauf zu schauen, dass sie beide eine halbwegs gleiche Portion Liebe erhalten! Und da die Madleine von ihrer Mutter viel mehr Liebe als die Anette bekommt, braucht sie nicht auch noch einen tüchtigen Nachschlag von mir. Was ich zu geben habe, steht voll und ganz der Anette zu, zum Ausgleich dafür, dass sie von ihrer Mutter weniger kriegt!

Erklärt hat das die Oma Birninger freilich niemandem, das würde auch kaum etwas bringen. Die Andrea würde es nicht verstehen, weil sie meint, dass sie zur Anette ohnehin liebevoll genug sei, die Marion würde es nicht verstehen, weil ihre Tochter nichts dafür kann, dass sie ein kluges Kind ist, und die Madleine würde es schon gar nicht verstehen. Aber die Anette versteht es, und zwar ohne dass man es ihr lang erklären hätte müssen, und das ist – findet Oma Birninger wenigstens – ja die Hauptsache.

J wie Jugendsprache

Ab einem gewissen Alter legen sich die Kinder allerlei Ausdrücke zu, die daheim in ihren Familien unüblich, aber dafür bei Gleichaltrigen im Schwange sind. Aufzulisten, um welche Vokabel es sich da handelt, ist unmöglich, weil sich diese »Jugendsprache« von Saison zu Saison rapide ändern kann und auch nach Gegenden sehr, sehr unterschiedlich ist. Es gibt in der Bundeshauptstadt sogar einen Kretzl-Jugend-Jargon, und angeblich können Eingeweihte daran erkennen, ob der Jargon-Benutzer aus Transdanubien, Favoriten oder Ottakring kommt. Und in Transdanubien wie in Ottakring und Favoriten gibt es klarerweise auch noch schichtspezifische Jargon-Varianten, ein Gymnasiast und ein Lehrling reden eben nicht in der gleichen Sprache!

Aber natürlich gibt es auch ein paar schicht- und kretzlübergreifende und dazu noch jahrelang haltbare Jugend-Vokabel. Irritierend an ihnen ist für manche Großmutter vor allem, dass die »Kids« (das ist nicht jugendsprachlich, sondern modisch grown-up-sprachlich) der Oma wohl bekannte Wörter zweckentfremdet anwenden. Mit »geil« etwa qualifiziert die Großmutter seit eh und je eine Torte mit überfetter Buttercreme ab, eventuell auch einen lüsternen Zittergreis, und nun soll sie kapieren, dass einfach alles, alles, was den Enkeln gut gefällt, »geil«, wenn nicht gar »megageil« ist? Und »cool« ist für die Großmutter, seit ihrer Jugendzeit – als sie es selbst war – eine ganz bestimmte Haltung zum Leben, nach außen gelassen, emotionskarg, leicht zynisch den Wahnsinn der Welt hinnehmend. Und nun soll der schauderhaft überweite Hosenboden ihres Enkels »cool« sein? Und warum ist der Schulkollege der Enkeltochter »grindig«? Der hat doch keinen Ausschlag und keine einzige Krätze am Leibe!

Aber das lernt sich schnell! Und es lernt sich ebenso schnell wieder um, Großmütter sind schließlich lernfähig. Reicht aber, meine ich wenigstens, wenn eine Oma versteht, was ihre Enkel und deren Freunde sagen. Dass sie sich selbst der Jugendsprache befleißigt, ist nicht vonnöten. Möglicherweise ist es sogar unerwünscht. Könnte nämlich leicht sein, dass sich die Enkel ihre eigene Sprache erfinden, um sich von den Alten zu unterscheiden, und daher die jugendsprachliche Ausdrucksweise der Oma als »uncoole, grindige Anmache« sehen.

K
wie Klamotten

Eine »Klamotte« ist laut Meyers Lexikon ein zerbrochener Mauerstein, kann aber auch zur Bezeichnung eines trivialen, letztklassigen Theaterstückes verwendet werden. Warum sie seit längerer Zeit umgangssprachlicher Ausdruck für Herren- wie Damenoberbekleidung ist, entzieht sich nicht nur meiner, sondern auch des Lexikons Kenntnis. Klar ist mir zudem nicht, ob Schuhe und Handtaschen bzw. Rucksäcke sowie Kappen, Stirnbänder und Inline-Skates ebenfalls zu den Klamotten zu zählen sind. Wie auch immer, jedenfalls existieren über Großmütter himmelschreiend antiquierte Vorurteile bezüglich ihrer Einstellung zu ihrer Enkel Klamotten!

Allerantiquiertestes: Viele Omas wollen ihre Enkel in Rüschenkleidchen und Samtanzügelchen stecken, weil sie das irre süß finden! Die Wahrheit ist hingegen: Omas sind üblicherweise fürs Praktische, und das nicht nur dann, wenn sie einmal wöchentlich beim Babysitten den Wäscheberg wegbügeln müssen, und sie haben zudem bereits in ihrer eigenen

Kindheit Rüschenkleidchen wie die Pest gehasst und Buben in Samtanzügelchen genauso affig gefunden wie Buben mit »wassergekämmtem Seitenscheitel«!

Anderes dümmliches Vorurteil: Großmütter meinen am allerbesten zu wissen, was einem Kind »gut steht«, fragen nicht viel nach dessen Wünschen und rücken zu Geburtstagen und Weihnachtsfesten mit Textilien an, die sie allerliebst finden, die aber den Enkelkindern die grobkörnige Gänsehaut über den Rücken jagen.

Solche Großmütter mag es natürlich geben, aber sie sind nicht repräsentativ für ihren Stand. Repräsentativ ist weit eher, dass sich Omas sehr oft hinter dem Rücken der Kindeseltern mit den Enkeln absprechen und ihnen exakt das besorgen, was sich die Kinder schon lange erträumen, aber von ihren Eltern aus mancherlei Gründen, finanziellen wie pädagogischen, nicht geschenkt bekommen!

Dritte Falschmeldung: Großmütter verstehen absolut nichts vom »textilen Herdentrieb« ihrer Enkel und finden es schrecklich, dass die Kinder heutzutage unbedingt all das haben wollen, was die anderen Kinder auch haben! Die meisten Großmütter haben nämlich dafür sehr viel Verständnis! Warum denn auch nicht? Sie waren schließlich in ihrer Jugendzeit die Generation, die damit angefangen hat, durch den »Kleidungsstil« ihren »Lebensstil« und ihre Gesinnung auszudrücken. Und darum wissen sie sogar, dass die Kids keineswegs »haben wollen« was »alle anderen« haben, sondern nur, was eine bestimmte Gruppe hat, und dass Klamotten für sie eine Art »Ganzkörper-Vereinsabzeichen« sind!

Wenn meine Schulklasse seinerzeit zum Beispiel auf Wandertag ging, sah man zwei sehr konträre »Uniformen« an uns Fräuleins. Die Dirndlkleid-Bluse-Schürze-Uniform und die

Jeans-Ringelleiberl-Uniform. Als Jeans-Ringelleiberl-Trägerin dokumentierte man eindeutig: Ich setze mich gegen meine Eltern durch und lasse mir keinen Jodel-Look verpassen, ich lese lieber Hemingway als Stifter, ich versuche altmodische Lehrer zur Verzweiflung zu bringen, glaube nicht, dass der erste Geschlechtsverkehr in der Hochzeitsnacht stattfinden soll, liebe Jazz und verabscheue Schlagermusik, verachte überhaupt alle kleinkarierten Spießer und bin bereit für eine schönere, bessere, freiere Welt!

Ob die Dirndl-Blusen-Schürzen-Trägerinnen auch etwas demonstrieren wollten, weiß ich nicht, da ich nie zu ihnen zählte. Meiner damaligen Ansicht nach waren sie von ihren Müttern in diese Kluft gezwungen und zu träge, zu blöde und zu »unterbelichtet«, um sich dagegen aufzulehnen.

Heutzutage gibt es natürlich viel mehr modische Möglichkeiten, sich klamottenmäßig von anders Gesinnten abzugrenzen, als Dirndl contra Jeans oder Dufflecoat contra Plüschkragenmanterl oder weiße Söckchen contra nackte Zehen im Schuh. Tut ja auch die Oma der 90er-Jahre. Geht eine wohlhabende Oma im Jil Sander- oder Armani-Kostüm einher, weiß jeder, dass sie eine andere Einstellung zum Leben hat als eine wohlhabende Oma, die ein Chanel- oder ein Rodier-Kostüm trägt!

Ich behaupte sogar, dass man das Seelenleben von Omas an den Knöpfen erkennen kann, die ihre Oberbekleidung aufweist. Lächerlich? Na, dann nehmen Sie mal vergleichsweise einen schlichten Hornknopf mit zwei Löchern und einen goldenen Knopf im Sektkorkenformat, mit Strass rundum und Perle im Zentrum, und Sie werden doch wohl zugeben müssen, dass die beiden Knöpfe ganz unmöglich einer Person gehören können! Stimmt natürlich, dass die vielen Möglichkeiten »sich darzustellen« auf dem textilen Sektor zunehmend kostenintensiver werden; für Omas wie für Enkel. Aber – bittschön! – gemessen am Einkommen meiner Mutter und meiner Großmutter war die Anschaffung von »echten amerikanischen Lee-Jeans« eine größere finanzielle Belastung, als es heute jedes »Ganzkörper-Vereinsabzeichen« sein kann!

Schwierig wird es allerdings, für Mütter wie für Großmütter, wenn der »Verein«, dem das Kind textilmäßig angehören will, einer sein sollte, der ihnen zuwider ist. Ich kenne eine Großmutter, die litt jüngst enorm, weil sie für ihren halbwüchsigen Enkelsohn als Geburtstagsgeschenk in einem »In«-Laden eine sehr merkwürdige Leibeshülle erstehen musste, die ihrer Meinung nach den Knaben wie einen Jung-Leichenbestatter, der in einer Gruft zu schlafen pflegt, aussehen lassen würde. »Das ist doch nicht normal«, jammerte sie mich an. »Was stimmt denn mit dem Kerl nicht? Warum muss immer alles schwarz und lappig und zerknittert sein und an ihm runterhängen wie ein alter Lumpen vom Kleiderhaken? Er und seine Clique wirken doch, als ob sie permanent in Trauer wären! Worum trauern sie denn bloß?«

Das konnte ich der besorgten Großmutter freilich nicht sagen, aber zum Trost zerrte ich sie zum »In«-Laden gleich nebenan und fragte eindringlich: »Wäre es dir lieber, wenn er so etwas anziehen würde?«

Die Großmutter starrte auf schwarze Schnürstiefel mit weißen Schuhbändern, tarnfleckige Kappen, lederne Gürtel mit Halteschlaufen für Dolche, T-Shirts mit Totenköpfen und markigen Sprüchen in Fraktur-Buchstaben sowie Restposten-Stapel ausländischer Militär-Klamotten. Nach dreißig Sekunden des Starrens murmelte sie: »Bei Gott, bei Gott, ich sage kein böses Sterbenswort mehr über das hübsche Leichenbestattergewand, das ich ihm gekauft habe. Er kriegt noch ein Leichenhemd als Draufgabe.« Na eben!

PS: Großmütterliche Klamotten-Kränkungen sind anderer Art und sollten nicht verschwiegen werden. Meiner Lebenserfahrung nach werden sie einem zugefügt, wenn etwa der mit Zweier-Nadeln in fünf Farben mühsam gestrickte Pullover nach zwei Wochen zum Walklodenjanker für einen Fötus geworden ist, weil ihn die Schwiegertochter nicht händisch »sanft durchgedrückt«, sondern der Waschmaschine anvertraut hat, wenn das sündteure weiße Kleid, das einem die Enkelin entlockte, als Putzfetzen verwendet wird, weil's irrtümlich mit einem blauen Socken zusammen in die Maschine geriet. Oder gar, wenn der Enkel, nach dem schönen ledernen Rucksack gefragt, den man ihm um Wahnsinns-Geld zum Geburtstag schenkte, achselzuckend sagt: »Den hat mir wer gemopst, wie ich ihn vor dem Turnsaal liegen gelassen habe. Vielleicht hat ihn aber eh der Schulwart weggenommen und zu den Fundsachen getan, ich hab nur bisher keine Zeit gehabt, ihn zu fragen!«

L

wie »Loslassen«

Kinder hat man, damit sie erwachsen werden können, irgendwann einmal »loszulassen«, sagen uns die lieben Psychologen. »Loslassen« ist das Gegenteil von »Klammern«, und Klammern ist sowieso und überhaupt immer grundfalsch, loslassen muss man die Kinder zizerlweise, und dies stets zum richtigen Zeitpunkt, jeweils kein bisschen zu früh, aber auch kein bisschen zu spät! Wann Loslass-Zeitpunkte gekommen sind, dafür gibt es keine Regeln, bloß Indizien, von Gefühlen verstärkt oder abgeschwächt. Ob jemand ein Kind nicht loslassen will oder es nicht kann, weil das Kind klammert, das ist auch oft unklar.

Großmütter jedenfalls sollten das Geschäft des Loslassens am besten beherrschen. Schließlich haben sie einige Übung darin. Sie haben ihre Kinder losgelassen, viele auch einen oder zwei Ehemänner, die es zu anderen Frauen hinzog. Sie haben zudem im Laufe ihres Lebens gelernt, sich nicht an Hoffnungen und Wünsche zu klammern, sondern sie loszulassen wie gasgefüllte Luftballons, und es gibt kaum eine Großmutter, die der unbarmherzige Tod nicht schon gezwungen hätte, einen sehr geliebten Menschen loszulassen. Vom Zustand der hegenden, pflegenden Großmutter zur wohlwollenden, Anteil nehmenden überzuwechseln, ist zudem – schon wegen des Alters, das man dann erreicht hat – üblicherweise wohltuend. Alt sein macht halt ein wenig müde, und ein bisschen kraftlos und unsicher. Sich zurücklehnen, sich sagen zu dürfen: »Es reicht, jetzt muss ich nimmer meinen Enkeln helfen, ihre Probleme zu lösen, das schaffen sie nun ganz alleine«, tut gut.

Nur manchmal geht das halt nicht so einfach. Von der Lore Schuster zum Beispiel sagt die psychologisch interessierte, sachbuchbelesene Nachbarin: »Sie kann ihre Enkeltochter einfach nicht loslassen, sie hat ein Helfersyndrom, sie braucht wen, für den sie sich aufopfern kann, darum darf die Sindra nicht erwachsen werden!«

Die psychologisch interessierte, sachbuchbelesene Nachbarin kann Belege für ihre Theorie anführen: Jeden Fehler, den die Sindra macht, bügelt die Lore Schuster aus, jeden Stolperstein räumt sie ihr aus dem Weg und bewirkt damit, dass das Mädel keine Selbstständigkeit erlernt, sondern sich bei jedem Problem denkt: Meine Oma wird's schon richten!

Klingt plausibel, aber ich probiere die Geschichte mal »anders rum« zu erzählen, und da muss ich – wie man so sagt – ausholen und bitte um Geduld:

Lore Schuster, Jahrgang 1930, wurde mit zwanzig Jahren einer Tochter entbunden, die sie Violet taufen ließ. Weil der Vater ein GI namens Bruce war und Lore mit ihm in die USA gehen wollte. Der Name der Tochter sollte zum künftigen US-Glück passen. Ein Jahr später wurde GI Bruce in die Staaten zurückversetzt. Er sagte, er werde »drüben« alles vorbereiten, Lore-Honey könne mit dem kleinen Darling in spätestens einem halben Jahr nachkommen; mit weißem Kleid im Gepäck, zwecks Heirat! Kann schon sein, dass GI Bruce das ernst gemeint hat und sich in den USA von seiner Frau hätte scheiden lassen wollen, und dass er erst heimgekehrt anderer Ansicht wurde. Jedenfalls schrieb er Briefe, in denen er mitteilte, die Übersiedlung verzögere sich. Er müsse zuvor einen guten Job finden und ein schönes Haus, und wegen der Visa gebe es auch noch Probleme. Dann wurden die Briefe spärlicher, die Dollar-Überweisungen auch, schließlich kam ein Brief, in dem GI Bruce Ehefrau und Kinder eingestand (netterweise legte er ein Foto von ihnen bei) und versicherte, er werde für Violet Alimente zahlen, für Lore könne er jedoch ab sofort nicht mehr sorgen.

Lore brauchte also Geld und bekam dank ihrer damals raren guten Englischkenntnisse und der Fürsprache eines Freundes von GI Bruce einen Job in einer US-Firmen-Filiale. Violet kam in den Kindergarten und war dort meistens das allerletzte Kind, das »aufs Abholen« wartete, da Lores Boss gern am Abend emsig wurde und Lore das recht war. Überstundengeld konnte sie brauchen. Einen Teil davon gab sie der Hausmeisterin, fürs Babysitten am Abend. Immer war an Lores abendlicher Abwesenheit freilich nicht der Boss schuld. Lore war schließlich jung und wollte etwas vom Leben haben!

Später, als Violet am Vormittag in der Schule und am Nachmittag im Hort war, kündigte Lore ihren US-Firmen-Job auf. Ihr Freund hatte ein Espresso aufgemacht, sie wollte mit ihm »den Laden schupfen«. Da reichte die Hausmeisterin zu Violets Betreuung nicht mehr, denn das Espresso hatte erst um Mitternacht Sperrstunde. So lange Kindshüten schaffte die alte

Frau nicht. Lore brachte Violet von Dienstag bis Sonntag (Montag hatte das Espresso Ruhetag) gegen reichliche Barzahlung bei einer Bekannten unter. 1962 heiratete Lore ihren Freund, mietete eine Villa und meinte, Violet sei alt genug, am Abend allein daheim zu sein. Fernsehen gab es ja bereits!

Aber das Verhältnis Ehemann–Tochter war unerfreulich, jeden Tag gab es Streit. Nach einem Jahr kam Violet in ein Internat. Wieder nach einem Jahr wurde sie des Internats verwiesen. Widersetzlich, faul, nicht bereit, sich in die Gemeinschaft einzuordnen, sei sie, hieß es. Lore meldete Violet in einer Handelsschule an, die Violet einen einzigen Tag besuchte, wonach sie sich mit gefälschter Unterschrift der Mutter abmeldete. Das merkte Lore aber erst, als Violet im Februar kein Zeugnis vorweisen konnte. Dann besuchte Violet mehr oder minder regelmäßig eine Kosmetikschule, ebenso häufig einen Mannequin- und hernach einen Töpferkurs. Da Lore damals mit dem Espresso Probleme hatte, kriegte sie das nicht so genau mit.

1966 war Violet eines Tages weg. Ohne Abschiedsbrief, ohne Hinweis, wohin sie gegangen war, und Lore wusste nicht, wen sie danach hätte fragen sollen. Sie kannte niemanden, der ihrer Tochter nahe gestanden war. Die Polizei versuchte erfolglos ihr Bestes, ein Detektiv fand auch nur raus, dass Violet drei Freunden drei verschiedene »Fluchtziele« genannt hatte, jedes tausende Kilometer entfernt, alle in Ländern, wo seriöse Nachforschung schier unmöglich war. 1969 dann war Violet eines Tages wieder da. Mit einer Reisetasche, in der die zwei Wochen alte Sindra lag. Sie sagte, sie sei müde und müsse erst mal ausschlafen, bevor sie Fragen beantworte. Am nächsten Morgen war sie wieder verschwunden, Lores Brieftasche und Schmuckkassette waren leer, das Baby lag noch im Wäschekorb. Abschiedsworte gab es diesmal auch. »Kann nicht hier bleiben, sei gut zu Sindra, sie ist so süß!«

Da saß Lore Schuster nun mit einem Baby, das – falls sie sich recht erinnerte – haargenau so aussah wie Violet im gleichen Alter, und sie schwor sich: »Ein zweites Mal rennt ein Mensch wegen mir nicht in sein Unglück!« Sie sagte ihrem Mann, dass er an ihrer Stelle eine Geschäftsführerin anstellen müsse, und zwar sofort, denn sie habe nun anderes zu tun.

Von dem Tag an war die Lore Schuster nur noch für Sindra da. Kann schon sein, dass sie übertrieb, was Geduld, Zeit, Verständnis, Nachsicht und Fürsorge angeht, und Sindra davon weit mehr als nötig zukommen ließ. Aber wer will schon entscheiden, welche Portionen optimal sind? Schließlich hatte Sindra ja nur Lore! Andere Kinder haben eine Mama und einen Papa, zwei Omas und zwei Opas, und kassieren von all denen ansehnliche Portionen Zuwendung. Ist doch verständlich, dass Lore Sindra zum Ausgleich Zusatz-Zuwendungs-Portionen gab!

Aber dass sie nie »loslassen« wollte, stimmt nicht, sie versuchte es immer wieder, und es ging immer wieder daneben. Zehnmal übten sie zusammen den Schulweg, und als Sindra dann zum ersten Mal allein gehen durfte, machte sie im Park Rast und beschloss, es sei wichtiger, die Tauben zu füttern, als lesen zu lernen. Jeden Tag sprach Lore mit Sindra ernst über »Mein und Dein«, Sindra nickte immer und sagte, nun verstehe sie, was die Omi meine, aber am nächsten Tag klaute sie wieder im Supermarkt Kaugummi; obwohl sie zu Hause Kaugummi genug hatte. Hin und wieder riss sie auch einem fremden Kind die Hundeleine aus der Hand, kam mit dem Hund heim und behauptete, den habe ihr jemand geschenkt. Aber um den kleinen Hund, den ihr Lore deshalb schenkte, kümmerte sie sich kein bisschen. Half ihr Lore einmal nicht bei der Aufgabe, waren so viele Fehler drin, dass es der Lehrerin zu blöd war, jeden einzeln anzustreichen. Sie machte kreuz und quer über die Aufgabe rote Striche und schrieb drunter: »Noch einmal machen!« Und schimpfte Lore nur ein bisschen mit ihr, legte sich Sindra ins Bett, steckte den Kopf unter das Kissen und stellte sich tot. Stundenlang hielt sie das durch. Sie war eben, wie ihre Lehrerin seufzend sagte, ein echtes »Problemkind«.

Und von Jahr zu Jahr wurden die Sindra-Probleme, mit denen sich Lore rumschlagen musste, größer. Schulschwänzen, Schulabbruch, Partys mit Alkohol, Partys mit Hasch, Ladendiebstahl, Schwangerschaftsabbruch, Beihilfe zum PKW-Diebstahl, Scheckfälschung und, und, und … Einfach zu sagen: Wäre nicht so gekommen, wäre Lore strenger und konsequenter gewesen! Genauso gut lässt sich sagen: Hätte Lore nicht immer irgendetwas »ausgebügelt« und zurechtgebogen, dem Mädel aus den ewigen Schlamasseln nicht rausgeholfen, wäre Sindra vielleicht heute keine »verbummelte Stundentin«, sondern stünde, voll gepumpt mit Drogen, irgendwo auf dem Strich, säße in einer Strafanstalt ein oder wäre gar nicht mehr am Leben. »Loslassen« kann man nur jemanden, von dem man sich sicher ist, dass er höchstens stolpert, aber nicht wirklich hinfällt. Und bei der Sindra waren halt die Umstände so, dass man sich da nie wirklich sicher sein konnte.

Vielleicht, die Lore Schuster ist ja noch nicht sehr alt, kann sie die Sindra in fünf, in sieben oder zehn Jahren »loslassen«. Ja, ja, vierzig Jahre zum Erwachsenwerden brauchen, das ist sehr ungehörig und keiner Großmutter zuzumuten. Aber aus der Sicht der Lore Schuster sieht das ganz anders aus. Eine alte Bring-Schuld mit Zinsen & Zinseszinsen, sagt sie, müsse sie abarbeiten. Wer sich zwanzig Jahre lang nicht um die eigene Tochter geschert hat, muss sich eben zum Ausgleich vierzig Jahre lang mit seiner Enkeltochter abrackern!

M

wie Mimose

Bei aller Zuneigung zu Großmüttern kann doch nicht verschwiegen werden, dass es auch schreckliche Mimosen unter ihnen gibt, mit sehr, sehr sensiblen Seelchen, die geneigt sind, alles und jedes übel und krumm zu nehmen. Gepaart ist dieser wenig angenehme Wesenszug üblicherweise mit einem enormen Humor-Defekt; eventuell ist ja auch der Mangel an Humor der tiefere Grund fürs mimosige Seelenleben. Wahrscheinlich sind Großmütter der Mimosen-Sorte selbst wesentlich ärmer dran als ihre Kinder, Schwiegerkinder und Enkel, die mit ihnen aus- und zurechtkommen müssen, aber es ist schon ein bitter-beinhartes Los, mit einer echten Mimosen-Großmutter geschlagen zu sein, und jedes Wort, bevor man es ausspricht, auf die Goldwaage legen zu müssen.

Speziell mühsam sind die Fälle, wo sich die großmütterliche Mimose strikt weigert, der Nachkommenschaft den Urheber und den Grund ihrer aktuellen »Verstimmung« mitzuteilen und bloß durch hängende Mundwinkel, indezente Seufzer, hochgezogene Brauen oder abrupten Aufbruch zu erkennen gibt, dass ihr wieder einmal enorm schweres Seelenleid zugefügt worden ist. Dann bricht nämlich hinterher das familieninterne ratlose Rätseln und gegenseitige böse Beschuldigen los. Die Mama behauptet, die Oma sei garantiert deswegen beleidigt gewesen, weil der unsensible Papa während ihres Besuchs, statt mit ihr nett und lieb zu plaudern, vor sich hin gemuffelt und dabei verstohlen in die Zeitung geschielt habe.

Der Papa meint, das sei lächerlich, er habe ohnehin lieb und nett geplaudert und nur zwischendurch mal mit einem Auge einen Blick in die Zeitung riskiert, und mutmaßt, die Oma sei deshalb vergrämt abmarschiert, weil der ruppige Sohn den geschenkten Zwanziger ohne Kratzfuß und Freudentaumel, sondern bloß mit einem kargen »Dankeschön« in Empfang genommen habe.

Der Sohn sagt, er habe doch sowieso zwanzigmal so viel Freude, wie für einen Zwanziger nötig, geheuchelt, und bezichtigt die Tochter, zu laut über den neuen Hut der Oma gekichert zu haben; das habe die Oma gekränkt. Genau habe er beobachtet, wie sich ihre Mundwinkel während des blöden Gekichers gesenkt hätten!

Und die Tochter behauptet, sie sei eh extra zum Kichern ins Nebenzimmer gegangen, habe sich sogar dort noch die Hand vor den Mund gehalten, und ist ganz sicher, dass die Mama Verursacherin des großmütterlichen Grams gewesen sei. Weil sich die taktlose Mama über das mit einer dreireihigen Korallenkette geschmückte Dreifachkinn der Frau Schleiermeier lustig gemacht habe, wo die Oma doch haarscharf das gleiche Dreifachkinn habe und zu festlichen Anlässen ebenfalls gern eine dreireihige Korallenkette unter selbiges drapiere.

Natürlich sind all diese Vermutungen völlig falsch, und

den tatsächlichen Anlass zur großmütterlichen Verstimmung erfahren Mama, Papa, Tochter und Sohn schließlich unter sieben Siegeln der Verschwiegenheit durch einen familieninternen »Zwischenträger«, dem die Oma ebenfalls unter sieben Siegeln der Verschwiegenheit ihre »tiefe seelische Verletzung« anvertraut hat. Dann staunen Mama, Papa, Tochter und Sohn gewaltig und murmeln im Chor: »Deswegen? Echt und wirklich? Darauf wären wir nie im Leben gekommen!« (Dass sich die Oma zum Herzausschütten und Gramabladen ein Familienmitglied ausgesucht hat, das als unzuverlässiger Geheimnisträger bekannt ist, mag wohl sein, ist aber kaum zu beweisen.)

Fest steht jedenfalls eines: Zur Mimose wird man nicht erst im Großmutter-Alter! Großmütterliche Mimosen waren zu neunundneunzig-komma-neun-Prozent auch Mimosen-Mütter und zuvor Mimosen-Teenies. Also ist es ein echter Glücksfall, wenn einer mimosigen Oma ein Opa zur Seite steht, der ihr seit Jugendjahren in echter Liebe zugetan ist. Der gute Mann hat sie nämlich, wie man so sagt, »im Griff«. Eh klar, sonst hätte er sich ja längst von ihr scheiden lassen oder Selbstmord begangen. An ihn kann man sich jederzeit Rat und Hilfe suchend wenden, wenn der Umgang mit der Mimose zu schwierig wird. Er renkt das sicher wieder ein!

Wie weit man als gutwilliger Mensch, ob man nun Enkel, Kind oder Schwiegerkind ist, auf eine mimosige Oma Rücksicht zu nehmen hat, ist eine Frage, auf die es keine allgemein gültige Antwort gibt. Sicher ist jedenfalls, dass solche Großmütter trotz allergrößter Vor- wie Rücksicht immer wieder einen Anlass zum Gekränktsein finden werden, und dass der beste Vorsatz, das Omilein wie das sprichwörtliche rohe Ei zu behandeln, keinen hundertprozentigen Erfolg bringen wird.

Basierend auf langer Lebenserfahrung sei zum Troste gesagt: Mimosen – egal welchen Alters – tun zwar so, als wären sie sehr zarte, sehr zerbrechliche Pflänzlein, die jedes winzige Windhäuchlein knicken kann, aber in Wahrheit sind sie sehr zähe, sehr widerstandsfähige Stauden, die selbst einen mittleren Hurrikan ohne Schaden überstehen.

Bedienungsanleitung für Mimosen-Omas also: Nicht ernst nehmen, aber trotzdem lieb haben!

N

wie Noten, Nichtgenügend & Nachzipf

Klarerweise sind auch Großmütter stolz, wenn ihre Enkelkinder aus der Schule sehr gute Noten heimbringen, wenn sie hören, dass die Lehrer ihre Enkelkinder für »hochintelligent und enorm motiviert« halten. Und sie freuen sich natürlich auch, wenn ihrer Familie erspart bleibt, was anderen Familien aufgebuckelt wird, nämlich: für Nachhilfelehrer Unsummen Geldes ausgeben zu müssen! Aber normalerweise nehmen es Großmütter auch nicht besonders tragisch, wenn ihrer Enkelkinder Noten schlecht sind, wenn Nichtgenügend um Nichtgenügend ins Haus steht, Nachhilfestunden nötig werden und Nachzipfe drohen. Dass das so ist, lässt sich einfach erklären: Waren Omas eigene Kinder sehr gute Schüler, ist ihr mütterlicher Ehrgeiz bereits vor Jahrzehnten ausreichend gesättigt worden, es besteht für sie keinerlei Nachholbedarf. Und waren Omas eigene Kinder schulische Nieten, ist ihr Schulversagen etwas Vertrautes. Zudem sehen doch die meisten Omas an ihren erwachsenen Kindern, dass Erfolg in der Schule und Erfolg im Leben nicht unbedingt Hand in Hand gehen. Und so können sie milde lächelnd den werten Eltern sagen: »Tut euch nix an, Hauptsache, das Kind ist gesund!«

Ob eine Großmutter ihrem Enkelkind, wenn es verlangt, die Omi möge ihm doch bitte-bitte »vom Papa, wie er noch klein war« eine Geschichte erzählen, auch ausführlich berichten soll, wie es dem Papa seinerzeit in der Schule ergangen ist, das ist eine etwas knifflige Frage, denn meistens sind die diesbezüglichen Erinnerungen der Großmutter und des Vaters absolut nicht deckungsgleich.

Allseits bekannt sind etwa die Väter, die ihre seinerzeitigen Pinsche und Nachzipfe völlig verdrängt haben und sich ihren Kindern als ehemalige Musterschüler präsentieren. Sicher ist es da nicht unpassend, wenn die Großmutter – unter vier Augen – den Vater auf seine »Geschichtsfälschung« aufmerksam macht und die Tatsachen auf schonende Art zurechtrückt. Aber die feine englische Art wäre es nicht, den Enkel – unter vier Augen – über seines Vaters hundsmiserable Schulnoten zu informieren. Solch Vorgehen ist wirklich nur in speziellen Ausnahmefällen, die es aber sehr wohl geben kann, angebracht!

Nicht allseits bekannt, aber keine Rarität, sind hingegen Väter, die seinerzeit brave, angepasste Vorzugsschüler gewesen sind, ihren Kindern jedoch eine tolldreiste Schülerlaufbahn, voll der Streiche, Schnurren & Skandale, stets am Rande des »Rauswurfes« balancierend, vormogeln. Da darf die Oma niemals – auch nicht in speziellen Ausnahmefällen – ihren Enkeln sagen, dass der Papa das Blaue vom Himmel runter flunkert. Das wäre noch schlimmer, als räumte man dem Christbaum am Heiligen Abend vor der Bescherung den

Schmuck ab! Wie sollen denn Kinder verkraften, plötzlich statt einem frechen, pfiffigen, aufmüpfigen, alle Lehrer zur Verzweiflung treibenden, Streiche ausheckenden, sogar dem strengen Herrn Direktor die Stirn bietenden, Papa einen biederen Streber-Papa zu haben, einen der lieber Vokabel lernte als Fußball spielte, einen, den die Mitschüler nicht ausstehen konnten, weil er dauernd die zwei Aufzeigefinger oben hatte, nicht abschreiben ließ und nicht einsagte, weil das verboten war, und vom Klassenvorstand dazu auserkoren wurde, in der Pause alle lärmenden Schüler in die Minus-Punkte-Liste einzutragen? Nein, das darf man Kindern wirklich nicht zumuten, wenn man nicht will, dass sie ihr Taschengeld in ein Zeitungsinserat investieren, um auf diesem Wege einen Adoptiv-Vater zu finden!

Manchmal kann einer Großmutter in Sachen Noten-Nichtgenügend-Nachzipf freilich ganz ohne böse Absicht eine Indiskretion unterlaufen. Passierte zum Beispiel meiner Freundin Anneliese. Ihr Enkel, der Michael, lernte eines Sommers hart für seine Nachprüfung in Latein, und mit jedem Tag, den er von morgens bis abends vor sich hin stuckte, wurde er unsicherer und panischer. Oma Anneliese jammerte er dauernd völlig verzweifelt vor: »Oma, ich schaffe es nicht, ich kapiere den ganzen Kram einfach nicht, du wirst sehen, ich falle durch und bleibe sitzen!«

Oma Anneliese brach schier das Herz vor lauter Mitleid mit dem verzweifelten Michael, und als sie das Sitzenbleib-Gejammer zum hundertsten Male vernommen hatte, entfuhr ihr unbedacht: »Na und? Davon geht die Welt nicht unter, dein Papa hat das auch prächtig überlebt, sogar zweimal!«

Enkel Michael, der seinen Vater bislang – auf Grund väterlicher Erzählungen – für einen eins a Vorzugsschüler gehalten hatte, plumpste ob dieser Mitteilung glatt vom Lernstühlchen aufs harte Parkett runter, und Oma Anneliese stammelte: »Oh du meine Güte, da ist mir jetzt was rausgerutscht! Ich habe deinem Papa versprochen, dass du es nie von mir erfährst, weil er dir doch ein gutes Vorbild sein will.«

Worauf sich Enkel Michael vom Parkett hochrappelte und der Oma Anneliese zweierlei schwor. Erstens, dass er sein neues Wissen für sich behalten werde, und zweitens, dass er sich seinen Vater weiterhin zum guten Vorbild nehmen werde. Und das tat er dann auch. Täglich mindestens zehnmal sagte er sich leise vor: »Mein Papa ist seinerzeit sitzen geblieben, und er hat das prächtig überlebt, sogar zweimal!«

Von Tag zu Tag wurde dadurch Michaels Angst vor dem Sitzenbleiben kleiner und immer kleiner, seine Panik legte sich, und in seinem Kopf wurde sehr viel Platz für lateinische Sätze frei. Gefasst marschierte der Michael im Herbst in die Schule und schaffte seine Nachprüfung spielend. Es geht halt wirklich nichts über ein gutes Vorbild, das ein Vater für seinen Sohn abgibt!

O wie Opa

Klarerweise freuen sich auch die Großväter, wenn man ihnen einen Enkel beschert, und abgesehen von raren, vorvorgestrigen Exemplaren spielt es für sie heutzutage auch keine Rolle mehr, ob ein »Stammhalter« oder »nur ein Mäderl« das Licht der Welt erblickt. Allerdings kann es passieren, dass manches Opas Freude am neuen Erdenbürger bald getrübt wird. Besonders leicht passiert das, wenn der Opa vor dem Enkel-Segen von der ihm angetrauten Oma rund um die Uhr perfekt betreut worden ist und diesen Luxus-Service für ganz normal und ihm zustehend gehalten hat. Und weil gerade Frauen, die willens sind, einen Ehemann rund um die Uhr perfekt zu betreuen, noch weit williger sind, ein winziges Baby zu hegen und zu pflegen, ergeben sich eben eheliche Konflikte.

Vernachlässigt kommt sich der Opa vor, ignoriert, abserviert, ungeliebt. Dreimal die Woche muss er sich nun sein Frühstück selbst machen und seine Zeitung selbst aus der Trafik holen, denn sein Eheweib verlässt dreimal die Woche Punkt sieben Uhr das Haus, um bei der Tochter den Au-pair-Dienst anzutreten. Die Wochenendfahrten in die Berge, die er so sehr liebte, werden jetzt regelmäßig storniert, weil die Tochter – die doch auch mal ausgehen will! – das Baby ihrer Mutter zum Übernachten bringt. Allen seinen Strickwesten fehlt ein Knopf, und seine Jeans haben ausgefranste Hosenbeine, denn seinem Eheweib macht es nun mehr Spaß, Babyjäckchen zu stricken, als Flickarbeiten zu erledigen. Dauernd muss er sich ausführlich anhören, wie das Baby heute gelächelt, gespuckt, gefurzt, geplappert und gegreint hat, aber wie es ihm geht, interessiert die Frau überhaupt nicht. Unlängst hat sie ihm sogar verboten, das Ländermatch im Fernsehen anzuschauen, weil das Baby zum Übernachten da war und einem Säugling Stadion-Gebrüll angeblich »nicht zuzumuten« ist. Statt nach Südamerika soll er im Urlaub an den Mondsee fahren, zusammen mit der Tochter, dem unsympathischen Schwiegersohn und dem Baby. Und nun mutet man ihm doch glatt noch zu, sein Arbeitszimmer zu räumen! Ein Kinderzimmer soll draus werden, weil er daheim ohnehin nie arbeitet und das Baby auch bei der Oma ein eigenes »Nesterl« braucht.

Luft bin ich für meine Frau, glasklare Gebirgsluft, sagt sich der Opa voll Selbstmitleid, und würde mich beim Zeitungslesen der flüssige Schleimschlag treffen, sie würde es wohl erst drei Tage später beim Abstauben bemerken, weil sie nur Augen für das Baby hat, und vor lauter Schnucki-Putzi-gilli-gilli-ti-ti-ti nicht mal dazu kommt, einen kurzen Blick auf mich zu werfen.

Fehlt nicht mehr viel, und der arme Opa versinkt uns nasenspitzentief in Depression! Davor könnte ihn natürlich die Oma bewahren. Schwer wäre das wirklich nicht für sie, sie brauchte bloß dem Baby etwas weniger und dem Opa wieder etwas mehr Zuwendung zu schenken. Aber dazu ist die Oma halt leider nicht bereit. Macht eben mehr Spaß, ein schnuckeliges Schnuddel-Knuddel-Baby zu verwöhnen, als einem sechzigjährigen Grantscherm Wünsche von den Augen abzulesen. Ginge ja auch gar nicht so einfach, schließlich rechnet die Tochter mit ihrer Mutter Einsatz bereits fix, plant sogar für die nahe Zukunft – damit sie halbtags arbeiten kann – Einsatz-Verdoppelung, und ein Tag hat bloß vierundzwanzig Stunden, und »zersprageln« kann sich auch die beste aller Ehefrauen nicht!

So bleibt nur das Baby selbst, um unseren armen Opa vor der nasenspitzentiefen Depression zu bewahren! Wie? Na, es lächelt den Opa besonders lieb an, es schließt seine Patschfaust ganz fest um Opas Zeigefinger und lässt den nicht los, es brüllt wie am Spieß und hört nur zu schreien auf, wenn ihm der Opa »I remember the night …« vorsingt, das allererste Wort, das es sagen kann, klingt verflixt nach »Opapa«; wenigstens wenn man sehr hellhörige Ohren hat. Und als es dann Drei-Wörter-Sätze zuwege bringt, ist sein am häufigsten gesagter: »Will Opa gehen!«

Das bringt den Opa dazu, die Sache schön langsam anders zu sehen. Meine arme Frau bemüht sich zwar sehr um unser Enkelkind und plagt sich mit ihm redlich ab, sagt er sich, aber komischerweise liebt es mich trotzdem viel mehr als sie, weil Liebe halt hinfällt, wo sie will, und wer die Liebe eines Kindes enttäuscht, ist ein Schuft!

Also füttert der Opa sein Enkelkind, wechselt ihm die Windeln, stopft es in Strumpfhosen, geht mit ihm spazieren, erzählt ihm selbst erfundene Märchen, baut ihm eine Seilbahn aus Lego-Steinen, singt ihm Schlaflieder vor, schnitzt ihm ein Schifferl, spielt für es den Reitesel und versteht überhaupt nicht mehr, warum er nach des Enkelkindes Geburt vorübergehend in einer Depression zu versumpfen drohte.

Leicht besorgt schaut er aber jetzt dreimal täglich die Oma an. Weil er befürchtet, die arme Frau könnte demnächst nasenspitzentief in einer Depression versinken. Muss doch, sagt er sich, nicht leicht für sie sein, hinzunehmen, dass das kleine Schnuckelchen seinen Großvater zehnmal so lieb wie seine Großmutter hat!

Die Oma versinkt natürlich nicht in einer Depression; nicht mal knöcheltief. Erstens freut es sie, dass sich ihr Ehemann wieder »derfangen« hat, und zweitens hat sie noch gar nicht bemerkt, dass das kleine Schnuckelchen dem Großvater zehnmal so viel Liebe schenkt wie ihr. Alle anderen in der Familie haben es übrigens auch noch nicht bemerkt. So sensibel wie Großväter sind halt nicht alle Menschen!

P wie Pasta, Pizza, Powidkolatschen & Pudding

Nicht jedes Enkelkind besitzt von Geburt an einen »feinen Gaumen«. Für Großmütter, die sich selbst von Tiefkühl-Fertiggerichten, Doseneintöpfen und dehydriertem Trockenfutter aller Art nähren und zweimal die Woche zur Abwechslung beim Pizza-Zustelldienst anrufen, ist das kein Problem. Da ergibt sich ganz im Gegenteil beim Fertiggerichte-Mampfen die totale Oma-Enkel-Harmonie. Aber einer kochfreudigen Großmutter kann sich ein Fast-Food-Enkel schwer auf die sensiblen Magennerven schlagen!

In den ersten Monaten ihres Oma-Lebens, wenn sich der kleine Liebling ausschließlich von Muttermilch nährt, ist das Problem zwar noch nicht aktuell, aber bereits im Keimen, denn die liebe Oma plant bereits insgeheim eifrig den künftigen Speisezettel für das kleine Enkelchen. Rügende Blicke wirft sie im Supermarkt all jenen verantwortungslosen Personen zu, in deren Einkaufswagen sich Babynahrung in kleinen Gläsern stapelt. So was von grausig, so was von faul, denkt sie. Jedes guten Koches oberstes Gebot ist doch, nur allerfrischeste

Zutaten zu verwenden! Das lächerliche bisschen Arbeit, Apfelmus, Karottenbreichen und Spinaterl zu köcheln, wird man sich wohl noch machen können, wenn man ein Kind liebt! Und dann ist die Apfelmus-Karottenbreichen-Spinaterl-Zeit da, und die Oma muss konsterniert erkennen, dass die Mutter ihres Enkelkindes ebenfalls zur »Ware im Glas« greift und nicht zu überzeugen ist, welch großes Verbrechen sie da an einem Babymagen begeht. Na schön, sagt sich die Oma, gegen diese versteckte Unbelehrbarkeit komme ich nicht auf, wenn Friede in der Familie herrschen soll. Aber wenigstens wenn das arme Kinderl bei mir ist, bekommt es »ein ordentliches Essen«! Sie schnipselt einen Bio-Boskop, verfeinert mit Natur-Zitrone, rundet mit Akazienblütenhonig ab, tut ein Häuchlein Bourbon-Vanille und ein halbes Häuchlein Zimt dran, dämpft, püriert, serviert, führt ein Löffelchen der Köstlichkeit in des Babys erwartungsvoll aufgerissenes Mündchen ein und sagt: »Guti-guti kriegt das Schatzi jetzt von der Omi!«

Aber das Schatzi bekommt keine lustvoll glänzenden Staun-Äuglein, sondern senkt die Mundwinkel und lässt postwendend alles Guti-guti angewidert zu diesen rausquatschen. Ebenso verhält sich das Schatzi, wenn ihm die Oma ihre Karotten-Erdäpfel-Obers-Kreation kredenzt, ihr Mini-Zucchini-Auflauferl oder ihre hochinteressante Spinat-Bananen-Komposition. Alles, alles lehnt das Schatzi einfach ab, und der Trick, das Selbstgeköchelte in ein leeres Babynahrungsglas umzufüllen, weil es ja sein könnte, dass das Schatzi nur für essbar hält, was aus einem kleinen Glas rausgeholt wird, hilft auch nicht. Das Schatzi »steht« eindeutig auf Fabriks-Gatsch!

»Die tun da garantiert was rein, was Babys süchtig drauf macht«, sagt die Oma seufzend zum Opa, resigniert vorübergehend und hofft auf die Zukunft. Aber auch diese Hoffnung erweist sich als vergeblich. Steht das allerfeinste Erdäpfel-Gratin auf dem Tisch, fragt das Enkelkind, warum es denn keine Pommes gibt, serviert die Oma gefüllte Seezungenröllchen, schwärmt ihr das Enkelkind von den panierten Fischstäbchen vor, von denen es gestern bei Freund Florian zum Nachtmahl elf Stück verputzt hat, und fragt die Oma, welches Festessen sie ihm zum Geburtstag kochen soll, erbittet es einen Besuch in der Pizzeria.

Nicht mal, wenn sich die Oma brav anpassen und Rücksicht auf des Enkels unterentwickelte Geschmackspapillen nehmen will, hat sie Erfolg. Stellt sie einen Teller Pasta vor ihn hin, hält er schützend beide Patschhände über den Pasta-Berg, damit sie nicht der kleinste Klacks von Omas selbst gemachtem eins a Super-Luxus-Sugo beflecke. Dann wieselt er in die Küche, kehrt mit der Ketchupflasche zurück und klatscht so lange Ketchup auf die Pasta, bis die Flasche leer ist.

Kann natürlich sein, dass die Oma doch noch kochmäßig einen Zugang zu des Enkels Magen findet. Wenn ihr das gelingt, sind üblicherweise süße Mehlspeisen der Schlüssel zum Erfolg. Dass Omas Germknödel viel besser schmecken als Tiefkühl-Germknödel, merkt nämlich das Enkelkind komischerweise doch! Auch, dass Omis Zwetschkenfleck dem aus der Großbäckerei haushoch überlegen ist. So passiert es dann halt zwangsläufig, dass die Großmutter, sooft das liebe Schatzi bei ihr ist, nur süße Mehlspeisen auftischt, und dies in reichlichen Portionen, weil es ihr unheimlich gut tut, endlich-endlich zu hören: »Kann ich noch ein Fuzerl nachhaben?«

Daraus wiederum ergibt sich über kürzer oder länger ein Dauerkonflikt zwischen Großmutter und Mutter, der sich darum dreht, ob der Großmutter Mehl-Zucker-Eier-Butter-Obers-Kalorienbomben an des Kindes fünf Kilo Übergewicht die Schuld tragen, oder nicht eher die tägliche Fritten-Portion mit Mayonnaise, welche die Mutter finanziert. (Vielleicht gehen die überschüssigen fünf Kilo ja auch aufs Konto der Powidlkolatschen, die der Opa dem Kind beim Spaziergang als Zwischendurch-Energiespender kauft, oder sie kommen von den Pizza-Schnitten, die der Papa beim Einkaufen springen lässt, oder der Quietschi-Quatsch-Pudding, den das Kind gern in der großen Pause beim Sitznachbarn gegen seinen Apfel eintauscht, ist schuld daran; aber da weder die Großmutter noch die Mutter von den Pizza-Powidl-Pudding-Zusatzgenüssen etwas ahnen, können sie das in ihren Streitgesprächen leider nicht berücksichtigen.)

Q wie quengeln

Dass Kinder, wenn es ihnen – objektiv gesehen – sehr gut geht, stets strahlend heiter und rundherum zufrieden sein müssen, erwartet sich keine Großmutter. Jede halbwegs vernünftige Oma weiß: Auch Kinder haben ihre besseren und schlechteren Tage, sind an letzteren mit dem sprichwörtlichen »linken Fuß« aufgestanden und leben dann »ihre Launen« aus, Kinder bekommen hin und wieder Zornausbrüche und Wutanfälle, die sich bis zum rumpelstilzchenhaften Toben steigern können, Kinder schluchzen bitterlich aus Anlässen, die allen Erwachsenen relativ nichtig erscheinen, Kinder sind manchmal stur und »bocken«, Kinder neigen sogar, wenigstens in sehr jungen Jahren, dazu, in ihrem hilf- und ratlosen Frust gewalttätig zu werden und auf arme, erwachsene Bezugspersonen so verzweifelt wie grimmig loszuschlagen.

Alles, alles, alles immer noch leichter auszuhalten als dauerndes Quengeln! Wer einen echten Quengler, in Wien »eine Raunzen« genannt, als Enkelkind hat, ist bedauernswert und verdient jede Menge Mitgefühl. Quengler, bzw. Raunzen, quengeln und raunzen ja nicht nur, wenn ihnen Ungemach droht oder bereits angetan wurde, bei ihnen ist der frustriert raunzige, quenglerisch leidende Tonfall in der Stimme der Normalzustand. Verspürt so ein Kind zum Beispiel das allerleiseste Anzeichen von Hunger, klingt sein »Ein Butterbrot will ich!« ganz danach, als hätte es seit Tagen nichts zu essen bekommen, seinen Butterbrot-Bedarf drei Tage und drei Nächte lang unentwegt angemeldet, aber niemand habe darauf reagiert. Erkundigt sich so ein Kind, wie weit es denn noch bis zur Bushaltestelle gehen müsse, hört sich das an, als hätte es einen Zehn-Kilometer-Marsch hinter sich und Fersen und Zehen voll blutiger Blasen. Und ist das Badewasser zu heiß, reklamiert so ein Kind die falsche Wassertemperatur in einem Tonfall, dass man meinen könnte, es befürchte ernsthaft, gesotten zu werden.

Nützt natürlich gar nichts, wenn die Großmutter dem Quengler immer wieder versichert, dass er doch jederzeit ein Butterbrot haben könne, also »drum nicht so raunzen« müsse, dass die zweihundert Meter bis zur Bushaltestelle »ein Katzensprung« seien, aber kein »Leidensweg«, und dass man durch Aufdrehen des Kaltwasserhahnes die Wassertemperatur flugs senken könne. Die Raunzen kann nicht anders!

Bei Raunzen, bzw. Quenglern, liegt folgender Verdacht nahe: Diese Kinder erwarten sich im Grunde vom Leben, dass das Anmelden eines Bedürfnisses und dessen Befriedigung zumindest zeitgleich erfolgen müssten, für optimal hielten sie es natürlich, wenn die Bedürfnisbefriedigung bereits vor dem Anmelden der Bedürfnisse erfolgen würde. Und das traurige Wissen darum, dass das unmöglich ist, weil auch die flinksten Bedürfnisbefriediger zur Auftragserfüllung ein bisschen Zeit brauchen, kommt dann eben im raunzig-quenglerischen

Tonfall zum Ausdruck. Falls man diesen Verdacht akzeptiert, fällt einem der Umgang mit raunzenden Quenglern vielleicht etwas leichter. Weil man sich wenigstens sagen kann: Das arme Kind raunzt ja gar nicht mich an, es raunzt das Leben an! Und dafür, dass das Leben so ist, wie es ist, bin ich nicht verantwortlich! Falls das nicht reicht, den Quengler mit nötiger Engelsgeduld zu ertragen, sei zum Troste noch gesagt: Das Quengeln und Raunzen legt sich mit der Zeit garantiert! Erwachsene Leute, die sich vom Leben erwarten, dass der Autobus vor ihrer Wohnungstür hält und dass ihnen ein Butterbrot in die Hand fällt, sobald sie Gusto drauf verspüren, gibt es schließlich nicht.

R wie Ruhestand und Ruhebedürfnis

Es mag wohl vorkommen, dass in einer Familie die Großmutter wesentlich vitaler und aktiver als die Mutter ist, es kann sogar sein, dass eine Großmutter diesbezüglich ihren Enkelkindern turmhoch überlegen ist, aber solch kraftstrotzende, takräftige, vor Energie Funken sprühende Omas sind doch eher die Ausnahme denn die Regel. Die meisten Großmütter müssen mit ihren Kräften haushalten und seufzend akzeptieren, dass sie nicht mehr ganz so »leistungsstark« sind wie vor zwei, drei Jahrzehnten, als sie ihre eigenen Kinder betreuten. Bloß ignorieren das leider viele Eltern und überschätzen die Belastbarkeit der lieben Omi. Und weil die liebe Omi nie Nein-Sagen gelernt hat, kann sie weder den Enkeln noch deren Eltern etwas »abschlagen« und tut brav alles, was man von ihr erwartet, und man erwartet sich in den meisten Familien allerhand von ihr.

Etwa, dass sie jedes Wochenende die lieben Kleinen übernimmt. Das muss doch, sagen sich Papa und Mama, eine wahre Freude und eine echte Abwechslung für die liebe Omi sein, wo sie von Montag bis Freitag nur ihren grauslichen, sturen Büro-Buchhaltungs-Alltag hat. Da tut ihr für die restlichen zwei Tage der Woche Kinderlachen garantiert gut!

Und damit die Omi, die gerade in Pension gegangen ist, keinen Pensions-Schock wegen Arbeitsmangels bekommt, geben ihr Papa und Mama von der ersten Pensionswoche an ein Kleinkind zur werktäglichen Betreuung. Auch im Sommer, im Urlaub, ist es nach Meinung vieler Papas und Mamas besser, wenn die Kinder nicht mit nach Mexiko fliegen, sondern daheim bei der Omi im Schrebergarten bleiben. Mexiko ist ohnehin nichts für kleine Kinder, da kriegen sie nur den Dünnpfiff, und für eine Omi ist das doch auch super! So großmutterseelenallein mit dem griesgrämigen Opa würde es ihr im Schrebergarten sicher todlangweilig werden.

Und zweimal die Woche zum Babysitten kommen, dessen sind sich noch mehr Papas und Mamas sicher, geht sich auch für eine berufstätige Oma leicht aus. Da lernt wenigstens der alte Macho-Opa endlich, sich selbst ein Nachtmahl zu kochen! Na, und dass die liebe Omi beim Babysitten immer den Wäscheberg wegbügelt, verlangt ja niemand von ihr. Wenn sie es trotzdem tut, wird es ihr wohl Spaß machen. Und dass die Eltern beim Heimkommen jedes Mal eine schlafende Omi vor dem Fernseher finden, zeugt ausschließlich davon, wie mies das TV-Programm in letzter Zeit geworden ist. Besonders ignorante Eltern erbitten als kleine Zusatzleistungen zudem: Abholen von der Kinder-Party, Transport zur Reitstunde, Geleit zum Zahnarzt, Anfertigen eines Faschingskostüms mit Lieferung ins Haus binnen 24 Stunden und, und, und …

Hat eine Frau nur ein Stück Nachwuchs, das von ihr aufopferndes Oma-Praktikum einfordert, kann sie – so sie guten

Willens und bei guter Gesundheit ist – alle in sie gesetzten Erwartungen ja einigermaßen erfüllen. Schwierig wird die Sache aber, wenn zwei Stück Nachwuchs ihre beinharten Forderungen stellen. Und geht es einem wie der Erna Meier, dann artet Oma-Stress in schieren Irrsinn aus!

Zwei Töchter hat die Erna Meier. Die Andrea und die Martina. Die Andrea plante die Geburt ihres Xandi (der als Einzelkind gedacht war) praktischerweise so, dass ihre zweijährige Karenzzeit exakt dann zu Ende gehen sollte, wenn ihre Mutter in den wohl verdienten Ruhestand treten würde. Weil die Andrea halt von Kindergärten – öffentlichen wie privaten – nichts hält. Oma-Betreuung findet sie besser. Ob sich die Erna Meier »von sich aus und freudigen Herzens« zur täglichen Xandi-Betreuung gemeldet hat oder von der Andrea »genötigt« wurde, darüber gehen die Meinungen zwar etwas auseinander, jedenfalls erklärte sich die Erna Meier bereit, den Xandi von Montag bis Freitag, jeweils von sieben Uhr dreißig bis achtzehn Uhr, zu »übernehmen«, sobald seine Mama wieder arbeiten geht. Aber da Familienplanung, wenn man an die alte Mär von der unfruchtbaren Stillzeit glaubt, nicht perfekt hinhaut, bekam das Einzelkind Xandi drei Monate vor Ablauf der mütterlichen Karenzzeit Schwesterlein Xenia, und ein weiteres Karenzjahr zu nehmen hätte das Budget der jungen Familie gar zu arg belastet. Der ganze Finanzierungsplan für das traute Eigenheim wäre zusammengebrochen, da er auf Andreas Wiedereinstieg ins erfolgreiche Berufsleben basierte. Also »übernahm« die Erna Meier drei Monate nach Xenias Geburt nicht nur den Xandi, sondern als Draufgabe noch ein Baby.

Kaum ein Jahr später konfrontierte sie Tochter Martina mit dem Umstand, dass sie in anderen Umständen sei und sich als künftige Alleinerzieherin kein Karenzjahr leisten könne, daher der mütterlichen Hilfe und Unterstützung dringend bedürfe. Weit dringender jedenfalls als Schwester Andrea, die ohnehin einen gut verdienenden Partner habe. Es wäre der Gipfel an Ungerechtigkeit, wenn die Mutter zwei Enkel der einen Tochter betreue, aber das eine Kind der anderen Tochter nicht! Das sah die Erna Meier ein, und nun, ein Jahr später, plagt sie sich werktagtäglich mit drei Enkelkindern ab. Ihr Oma-Dienst beginnt um sieben Uhr in der Früh, da wird der erste Stöpsel abgeliefert, und endet um neunzehn Uhr am Abend, da wird der letzte Stöpsel abgeholt. Beklagen über ihr Ruhestands-Los darf sie sich nicht. Sonst würde es Streit zwischen den Töchtern geben. Die Andrea steht nämlich auf dem Standpunkt: »Wer zuerst kommt, mahlt zuerst! Es ist unverschämt von der Martina, der Mama noch ein drittes Kind aufzubürden!« Und die Martina steht auf dem Standpunkt: »Gleiches Recht für alle Töchter, wenn der Mama drei Kinder zu viel sind, muss die Andrea eben eins woanders unterbringen!«

Unlängst, an einem Montag, ist der Erna Meier zehn Minuten vor sieben Uhr beim Schuhbandlbinden der Hexenschuss ins Kreuz gefahren. Als es fünf Minuten nach sieben geklingelt hat, hat sie sich mühselig zur Tür geschleppt. Sie wollte der Martina sagen, dass sie sich kaum auf den Beinen halten und die Enkel heute leider nicht hüten kann. Aber die Martina hat ihr das Baby in die Arme gedrückt, hat »Ich bin schon sauspät dran« gekeucht und ist die Stiege runtergerast. Hinter ihr her brüllen hat die Erna Meier nicht können. Sie war vollauf damit beschäftigt – wie man umgangssprachlich sagt –, nicht in die Knie zu gehen. Trotz Hexenschuss ein strampelndes Baby auf dem Arm zu halten, muss man schließlich erst mal lernen. Und da die Andrea den Xandi und die Xenia immer nur bis zum Haustor bringt, weil die zwei schon groß genug sind, allein in den dritten Stock raufzuklettern, hat die Erna Meier zu ihr nicht mal »Tut mir Leid, aber heute –« sagen können, sondern hat den zwei Stöpseln Einlass gewähren müssen.

Am Abend dann waren sowohl die Andrea als auch die Martina etwas indigniert. Obwohl sie ja ansonsten von sehr unterschiedlicher Wesensart sind, haben sie beide zur Erna Meier gesagt: »Also Mama, warum schleppst dich denn mit einem Hexenschuss den ganzen Tag rum, warum bist denn nicht zum Doktor um einen Spritze gegangen? Die hätte garantiert geholfen!«

Bloß wie man mit einem Baby im Kinderwagen, zwei Knirpsen, die nicht »Hand geben wollen«, und einem Hexenschuss den Weg zum Doktor rüber und in den zweiten Stock rauf schafft, das haben sie ihr nicht gesagt.

S wie Schwiegersohn und Schwiegertochter

Findet eine Großmutter, dass sich Sohn oder Tochter zu ihrem Enkelkind total falsch verhält, hat sie üblicherweise kein großes Problem, ihren Unmut darüber laut werden zu lassen. Sich mit den eigenen Kindern zu streiten und hinterher wieder zu versöhnen, darin hat sie schließlich einige Übung. Aber nur sehr selten hat sie zu ihren Schwiegerkindern ein derart inniges Vertrauensverhältnis zuwege gebracht, dass sie mit ihnen ebenso »frei von der Leber weg« drauflos streiten könnte. Und wie verhält sich nun eine vernünftige Großmutter, wenn ihr total gegen den Strich geht, wie der Schwiegersohn oder die Schwiegertochter ihr Enkelkind behandelt, und wenn sie meint, als Anwalt des armen Knirpses einschreiten zu müssen?

Wenig vernünftig ist es, bei der Tochter oder dem Sohn unentwegt Beschwerde zu führen, den aufgestauten Frust abzuladen und den Zorn zu deponieren. Das führt bloß zu schleichender Missstimmung zwischen Schwiegermutter und

Schwiegerkind, zudem oft auch zu allerhand Missverständnissen, weil der Oma Beschwerden, vom Sohn oder der Tochter dem Ehepartner referiert, möglicherweise vom tatsächlich Gesagten ziemlich abweichen. Und dann könnte die Oma beim nächsten Familien-Mittagsessen unter Umständen vom Schwiegersohn zu hören bekommen: »Du hältst mich zwar, wie ich von meiner Frau erfahren habe, für den größten Trottel auf Gottes Erden, was Kindererziehung angeht, aber …« Obwohl die Oma der Tochter doch nur erklärt hatte, dass ein kluger Vater seine Kinder besser durch Lob als durch Tadel zu guten Leistungen in der Schule animieren sollte, und dass es unerträglich sei, wie der Kerl das arme Kind dauernd runterputze und demotiviere. Und dann beim Mittagessen zu beteuern, dass man »größter Trottel auf Gottes Erden« nie-nie-nie gesagt habe, wäre vielleicht nicht so gut. Weil sich ja – so einem der Schwiegersohn Glauben schenkt – beim Bratenmampfen die Frage ergeben würde, ob die Tochter ihrem Mann erzählt hat, dass ihn seine Schwiegermutter für den größten Trottel auf Gottes Erden hält, oder ob sie es nicht getan und er sich wieder einmal total »verhört« hat. Und die Klärung dieser Frage könnte sich bis zum Dessert zu einem echten Ehestreit ausgewachsen haben.

Schon gar nicht vernünftig ist es, das Enkelkind selbst darüber zu informieren, dass die gütige Oma seiner Mutter oder seines Vaters Erziehungsmethoden für ziemlich hirnrissig hält. Von einem Kind kann man nämlich nicht verlangen, dass es solche wohltuenden Botschaften für sich behält. Beim nächstbesten Konflikt mit dem »hirnrissigen« Elternteil wird das liebe Kind garantiert die ihm gut in den Kram passende Oma-Meinung zitieren, und als Totengräberin elterlicher Autorität dazustehen, ist nicht einfach durchzustehen; selbst dann nicht, wenn man hundertprozentig mit seiner Ansicht Recht hatte.

Vernünftig ist es eigentlich nur, sich mit dem Schwiegerkind – trotz aller Probleme, die das ergibt – selbst auseinander zu setzen. Am besten geht das vielleicht, wenn sich die Großmutter jeweils strikt auf den aktuellen Anlassfall ihres groben Missfallens beschränkt und nicht im Eifer des Gefechtes alles, alles erbittert raussprudelt, was ihr »seit eh und je schon« am Schwiegerkind »sauer aufgestoßen ist«.

Geht es also zum Beispiel darum, dass der Schwiegersohn beschlossen hat, des armen Enkels Schnuller an dessen zweitem Geburtstag rigoros zu verbrennen, weil er Nuckeln nur bis zum zweiten Geburtstag für zulässig hält, aber die Oma »zizerlweisen Entzug« humaner findet, wäre es gut, wenn sie im Streitgespräch ausschließlich Argumente für eine langsame Sucht-Therapie anführen würde, anstatt giftig darauf hinzuweisen, dass ein Schwiegersohn, der es nicht einmal schafft, sich selbst das Rauchen abzugewöhnen, wahrlich kein Recht habe, seines Sohnes Schnuller einfach zu verbrennen! Und geht es darum, dass die Schwiegertochter das arme Enkelkind wegen der verpatzten Mathe-Schularbeit zu drei Wochen Hausarrest verdonnert, wäre es besser, mit ihr über die Finanzierung von Nachhilfestunden zu reden, als ihr hämisch vorzuhalten, dass sie selbst in der Schule eine noch weit größere »Niete« gewesen sei, das Rechen-Unvermögen sichtlich an ihre Tochter vererbt habe und es dem armen Geschöpf nicht als Faulheit anlasten dürfe.

Als vernünftige Großmutter sollte man sich im Interesse seiner Enkelkinder mit seinen Schwiegerkindern überhaupt nicht zerstreiten. Tunlichst nicht einmal dann, wenn sich diese von den Kindern getrennt haben. Den Kindern aus geschiedenen Ehen tut es nämlich unheimlich gut, wenn ihre Großmütter über ihren »geschiedenen Papa« oder ihre »geschiedene Mama« nicht nur kein böses Wort verlieren, sondern reichlich gute Worte für sie übrig haben.

»Meine Mama«, hat ein kleiner Knirps unlängst zu mir gesagt, »hat meinen Papa jetzt nicht mehr lieb. Aber ich und meine zwei Omas, wir haben ihn noch immer sehr lieb!« Und dass das für den kleinen Knirps in seiner schwierigen Lebenslage ein großer Trost war, hat man ihm angesehen.

PS: Angeblich fällt es Frauen leichter, ihre Schwiegersöhne zu lieben als ihre Schwiegertöchter. Die werten Psychologen bieten dafür auch allerlei einsichtige Erklärungen an, denen ich natürlich nicht zu widersprechen wage. Bloß entspricht es halt keineswegs meiner Lebenserfahrung, dass Schwiegertöchter mit ihren Schwiegermüttern schlechter zurechtkommen als Schwiegersöhne, denn ich kenne jede Menge Frauen, die sagen: »Unsere Oma ist ein echtes Juwel, ohne sie wären wir total aufgeschmissen!« Und da meinen sie mit dem »Juwel« nicht ihre eigene Mutter, sondern ihre Schwiegermutter. Männer hingegen, die ihre Schwiegermütter zum »Juwel« küren, sind weit rarer anzutreffen. Aber vielleicht liegt das ja auch nur daran, dass Männer von Natur aus undankbarer als Frauen sind.

T

wie traurig und trösten

Ist ein Kind echt unglücklich, hat seine Großmutter leider kaum Chancen, dieses Unglück aus der Welt zu schaffen. Echt unglücklich sind Kinder ja nicht, wenn sie schlechte Noten in der Schule kriegen, kein neues Fahrrad bekommen, eitrige Pickel auf ihrem Kinn sprießen, sie sich mit ihrer Freundin zerstritten haben oder ihr Taschengeld für zu gering erachten. Echt unglücklich sind Kinder nur dann, wenn ihnen ihre Eltern das Leben zur Hölle machen. Und es hilft ja nichts, wenn die Großmutter des Enkelkindes Eltern bittet, nicht gar so oft erbittert zu streiten, wenn sie seiner Mutter erklärt, dass Ohrfeigen und Prügel als Erziehungsmittel wahrlich nicht taugen, oder wenn sie den Papa anfleht, sich das Saufen abzugewöhnen oder wenigstens vor seinem Kind nicht stockbesoffen Radau zu schlagen.

Eltern befolgen großmütterliche Ratschläge nur in Ausnahmefällen, und dann auch nur, wenn sie das keine allzu großen Anstrengungen kostet. Und »ein Recht darauf«, die Unglück bringende Lebenssituation eines Enkels zu ändern, ihn etwa zu sich zu nehmen, hat eine Großmutter schon gar nicht. So ungerecht es auch ist: Die Erziehungsberechtigten können über das Kind verfügen, wie ihnen beliebt, und üblicherweise muss erst etwas Schreckliches passieren, damit die Erziehungsberechtigung den Eltern entzogen und an die Großmutter übertragen wird.

Trösten kann eine Großmutter ihr unglückliches Enkelkind, mehr kann sie nicht tun! Aber wer schon einmal dringend des Trostes bedurft und ihn dann bekommen hat, weiß, dass Tröstung davor bewahren kann, im Unglück zu ersaufen. Nur muss man halt auch richtig trösten können. Das können sehr viele Menschen nicht, und wird man zur Großmutter gemacht, wächst einem leider nicht automatisch die Gabe zu, ordentlich trösten zu können.

Größter aller Trostfehler: Die Großmutter versucht – wider besseres Wissen –, den schweren Kummer ihres Enkelkindes zu bagatellisieren. Ist doch gar nicht so schlimm, sagt sie. Aber das ist doch wirklich kein Grund zum Weinen, sagt sie. Wirst sehen, morgen sieht alles ganz anders aus, sagt sie.

Obwohl sie genau weiß, dass alles morgen genauso aussehen wird und schlimm ist und ein Grund zum Weinen. Kummer lässt sich nicht »wegreden«. Es bringt einem kreuzunglücklichen Kind wahrlich nichts, wenn nicht einmal seine Großmutter verstehen will, warum es wie ein Schwein leidet. Oder glaubt jemand ernsthaft, das unglückliche Kind wird sich die Nase putzen, die Tränen aus den Augen wischen, fröhlich lachen und sich denken: Na, wenn meine liebe Oma meint, dass ich gar keinen Anlass zum Todtraurigsein habe, dann bin ich eben wieder quietschvergnügt?

Zweitgrößter Trostfehler: Die Großmutter versucht, Entschuldigungen für die Eltern vorzubringen und um Verständnis für sie zu werben. Deine Mami hat halt so viel Ärger im Büro und ist mit den Nerven runter und fix und fertig, und da rutscht ihr halt leicht die Hand aus, sagt sie. Dein Papa und deine Mama haben sich garantiert noch immer sehr lieb, sie sind bloß sehr temperamentvolle Menschen, und solche werden leicht laut, aber das hat in Wirklichkeit nichts zu bedeuten, sagt sie. Dein Vater ist halt alkoholkrank, er kann nichts dafür, wenn er trinkt und dann durchdreht, das musst du verstehen, sagt sie. Ist schon ein bisschen viel von einem Kind verlangt, Verständnis für die aufzubringen, die es unglücklich machen, und nicht sein eigenes Los, sondern das der Eltern zu bedauern! Trösten heißt zuhören, nicht unterbrechen, ausreden lassen, streicheln, Tränen wegwischen, Taschentuch zum Schnäuzen parat halten. Und den Mund halten, wenn man ehrlichen Herzens nichts wirklich Tröstliches zu sagen weiß.

Zwischen manch Oma und ihrem Enkelkind gibt es auch ganz individuelle Trost-Rituale. Die Schirnbauer-Oma zum Beispiel hat ihrer Enkeltochter Anneliese, als die noch ein Baby war, oft einen Apfel auf einer Glasreibe geschabt. Baby Anneliese hat so einen auf der Glasreibe geschabten Apfel unheimlich gern gegessen, viel lieber als einen, den ihre Mama auf dem Blech-Laterndl gerieben hat. Und einmal, als die sechsjährige Anneliese schluchzend bei der Schirnbauer-Omi gehockt ist und durch rein gar nichts zu beruhigen war und vom fürchterlichen Weinkrampf geschüttelt wurde, hat die ratlos verzweifelte Omi die alte Glasreibe geholt und auf der für die Anneliese einen Apfel geschabt. Die Anneliese hat sich von ihrer Omi füttern lassen, und mit jedem Löffelchen Apfelbrei, den ihr die Omi in den Mund geschoben hat, ist es der Anneliese ein bisschen besser gegangen. Traurig war sie natürlich immer noch, als vom Apfel nur noch der Butzen übrig war, aber sie war nicht mehr total verzweifelt, und das macht schließlich einen gewaltigen Unterschied.

Heute ist die Anneliese dreizehn Jahre alt, und zwei-, dreimal im Jahr kommt sie zur Schirnbauer-Omi und schluchzt: »Bitte, schab mir einen Apfel, Omi!« Dann nickt die Omi, holt die alte Glasreibe und einen Apfel, schabt und füttert, die Anneliese schluckt Apfelbrei und schüttet zwischendurch der Omi das Herz aus. Manchmal muss die Omi einen zweiten Apfel holen, hin und wieder braucht es sogar einen dritten, bis die Anneliese der Omi sagt, dass sie das Leben – trotz allem – schon irgendwie »derpacken« wird. Und das sagt sie nicht nur, das meint sie auch so.

U

wie unmöglich, unschicklich, unflätiger Umgangston

Frauen sind lernfähig. Als Mütter finden sie sich damit ab, dass ihren Kindern etliche sehr unschickliche Ausdrücke, die sie seinerzeit – wenigstens vor ihren Eltern – nie auszusprechen gewagt hätten, locker über die Lippen flutschen. Und als Großmütter finden sie sich damit ab, dass ihren Enkelkindern sogar die sehr unschicklichen Ausdrücke locker über die Lippen flutschen, die seinerzeit für ihre Kinder tabu gewesen sind. Der Wortschatz manchen Teenagers beinhaltet ja wahrlich allerlei Vokabel (muttersprachlich wie englisch), die ein anständiges Großmütterlein, dank der guten Erziehung, die ihm in seiner Kindheit verpasst wurde, nicht mal mutterseelenallein vor dem Spiegel aussprechen könnte; auch nicht, wenn man ihm als Belohnung dafür einen Sechser im Samstags-Lotto verspräche. Gibt natürlich auch Großmütter, die nicht seufzend resignieren, sondern wacker versuchen, den Enkeln einen anderen, edleren Umgangston beizubringen.

Allerdings geraten sie bei dem Bemühen leicht in Begründungs-Notstand, denn heutige Enkel sind erstklassige Argumentierer und mit der simplen Auskunft »Das sagt man nicht« unzufrieden. Die fragen zum Beispiel nach, warum sie statt »der Arsch« »das Gesäß« sagen sollten.

»Weil dieses Wort ordinär ist«, reicht kaum einem Enkel als Grund, da folgt hurtig die Frage: »Wieso ist Arsch ordinär?« Soll die Omi dann verkünden, dass man gewisse Körperteile umschreibend bezeichne, daher der Körperteil, auf dem man sitzt, »Gesäß« genannt wird? Da würde der Enkel doch weiterfragen, warum man, wenn das so ist, nicht zur Nase »Geriече« sagt, zur Hand »Gegreife« zum Mund »Gerede«. Würde die Omi antworten, dass Mund, Nase und Hand keine »gewissen« Körperteile sind, der mit dem Pfuigacka-Wort benannte aber ein solcher ist, würde der Enkel wieder »Wieso?« fragen und die Omi ratlos »So halt!« sagen, und der Enkel würde nicht zu Unrecht den Verdacht hegen, dass die Omi ein verblüffend prüdes Stück sei und sich an Regeln halte, deren Sinn sie sichtlich selbst nicht verstehe. Ist also nervenschonend, als Großmutter wortschatzmäßig lernfähig zu bleiben und der Enkel »Kraftausdrücke« zu tolerieren; wenn das zu schwer fällt, reicht Ignorieren ja auch.

Sind aber nicht immer die Enkel, die mit ihrer Ausdrucksweise Großmütter vergrämen. Kann auch umgekehrt sein. Bei der Familie Hobelberger ist es die Oma, die diesbezüglich Kummer bereitet. Sohn Hobelberger, Schwiegertochter Hobelberger und die beiden Enkelkinder Hobelberger sind nämlich sehr vornehme Menschen, die in den allerbesten Kreisen verkehren und sich einer äußerst gehobenen Ausdrucksweise befleißigen. Nur die Hobelberger-Oma befleißigt sich rein gar nicht, die redet, wie ihr der Schnabel gewachsen ist, und der ist ihr volkstümlich derb gewachsen. An ihrem Sohn könnte sie sich freilich ein Beispiel nehmen. Der hat sich seinen Kindheits-Schnabel abtrainiert und parliert so gewählt, dass man meinen könnte, seine Wiege sei nicht in einer Simmeringer Hausmeisterküche, sondern in der Schönbrunner Orangerie gestanden. Hätte er sich dieser »Umschulung« nicht unterzogen, hätte ihn seine Frau, deren Wiege tatsächlich nahe der Schönbrunner Orangerie in Hietzing gestanden war, nie geheiratet.

»Der Bua tuat, als warat er hinter grüne Jalousien aufg'wachsen«, sagt kopfschüttelnd die Hobelberger-Oma. Aber sie nimmt das geduldig hin. Weniger geduldig reagiert der Nachwuchs-Clan hingegen, wenn Oma Hobelberger frei von der Leber weg redet. Unterbricht sie der Sohn beim Argumentieren, protestiert sie: »Scheiß mir net in den Kram, bevor ich auspackt hab!«

Verblüfft sie eine Mitteilung der Schwiegertochter, ruft sie aus: »Da leckst mi am Arsch!« Will sie zärtlich zur Enkelin sein, gurrt sie: »Kleines Scheißerl.« Hält sie die Meinung des Enkels für falsch, tut sie dies mit »Beim Arsch, Herr Karl« kund. Und neulich hat sie im Beisein aller glatt über eine TV-Komödie geurteilt: »Zum Anbrunzen komisch!«

Da sich Oma Hobelberger zwar »unanständig« ausdrückt, aber von »anständiger« Wesensart ist, halten Sohn, Schwiegertochter und Enkel den Kontakt zu ihr trotz allem aufrecht. Zum Saumhochnähen, Blumengießen in Urlaubszeiten, Keksebacken und Gänsebraten, als Hemdenbüglerin, Seidenblusen-Wäscherin, vorübergehender Ersatz für die davongerannte Putzfrau und noch vieles andere mehr ist Oma Hobelberger schließlich perfekt zu gebrauchen. So nimmt man ihre »indiskutable Ausdrucksweise« halt seufzend hin.

Nur – bittschön! – muss man die alte Frau schon vor Freunden und Bekannten verstecken! Allzu viel Mühe macht das Oma-Verstecken auch nicht, denn Freunde und Bekannte tauchen üblicherweise erst des Abends bei den Hobelbergers auf, da hat Oma Hobelberger ihre Hilfsdienste erledigt und hockt wieder daheim in der Simmeringer Hausmeister-Wohnung. Und die vornehmen Freunde der Enkel, die des Nachmittags zu Besuch sind, halten die alte Frau, die in der Küche rumwerkt oder mit dem Staubsauger rumhumpelt, seit eh und je für die Hobelberger'sche Haushaltshilfe, und niemand denkt daran, diesen Irrtum aufzuklären.

Unlängst ergab sich jedoch eines Abends Merkwürdiges! Ein enorm wichtiger Geschäftspartner von Herrn Hobelberger war zum Nachtmahl angesagt. Wie üblich wurde Oma Hobelberger beauftragt, am Nachmittag ein Festmahl vorzubereiten, und das hieß, es zu 99 % fertig zu stellen, auf dass die Schwiegertochter am Abend nur noch ein bisschen aufzuwärmen und zierlich anzurichten habe. Nun hatte dieser enorm wichtige Geschäftspartner einmal – ganz nebenbei – vor Herrn Hobelberger erwähnt, dass er winzig kleine Dampfnudeln mit Vanillesoße über alles liebe, aber seit Jahrzehnten nirgendwo zu essen bekomme. Also fragten Herr und Frau Hobelberger die Hobelberger-Oma, ob sie als Dessert winzige Dampfnudeln mit Vanillesoße produzieren könne. Oma Hobelberger bejahte, wobei sie allerdings die zwei des Kochens wenig kundigen Leute nicht darüber informierte, dass Dampfnudeln »vom Rohr auf den Tisch« kommen müssen, um als perfekt gelten zu dürfen. Warum hätte sie das auch tun sollen? Naiv wie sie ist, hat sie keine Ahnung, dass sich ihr Nachwuchs schrecklich für sie geniert und sie außer Haus wissen will, wenn Gäste darin weilen.

Am Tage der Einladung, gegen 19 Uhr, begab sich Frau Hobelberger in die Küche und wollte von ihrer Schwiegermutter erfahren, welche »Endfertigungshandgriffe« sie heute vorzunehmen habe. Bleich wurde sie, als Oma Hobelberger auf eine Backform voll winziger Teigkügelchen deutete und sagte: »Musst gar nix machen, i muss eh wegen den Dampfnudeln dableiben!« Frau Hobelberger widersprach. Sie könne die Oma nicht so lange »beanspruchen«, sie werde es selbst schaffen, die Buchteln zu backen, wenn ihr die Oma erläutere, wann das zu geschehen habe und wie lange die Backzeit währen solle. Oma Hobelberger erklärte sich dazu nicht fähig. »Des geht nach Gefühl, des dauert verschieden«, sagte sie und fügte hinzu, dass auch noch die Vanillesoße aufzuschlagen sei. Nachdem Frau Hobelberger gehört hatte, welch Handgriffe für diese Soße »über Dunst« nötig und tunlichst auszuführen seien, während sich der Besuch dem Verzehr der Entenbrust hingeben würde, resignierte sie und sah ein, dass die Schwiegermutter diesmal das Haus nicht vor Eintreffen des Gastes verlassen könne.

Herr Hobelberger, davon informiert, tröstete sich und seine Gemahlin damit, dass der enorm wichtige Geschäftsfreund, sollte er überhaupt der alten Frau in der Küche gewahr werden, diese – ebenso wie die Freunde der Kinder – für die Haushaltshilfe halten werde. Um sicherzustellen, dass seine Mutter nicht auf die Idee komme, nach getaner Arbeit bei Tisch Platz zu nehmen, teilte er ihr mehrmals eindringlich mit: »Das ist kein privater Besuch, das ist rein geschäftlich, wir müssen konzentriert komplizierte Betriebsprobleme besprechen, Arbeitsessen nennt man das!« Mehr, fand er, sei für den reibungslosen Ablauf des Abends nicht zu tun.

Der Abend nahm tatsächlich einen reibungslosen Anfang.

Oma Hobelberger werkte in der Küche, Frau Hobelberger holte alles Produzierte ins Esszimmer und servierte. Der enorm wichtige Geschäftsfreund pries das Spargelsüppchen, murmelte vollen Mundes während des Entenmampfens unentwegt »Mein Kompliment, mein Kompliment«, und geriet angesichts winziger Dampfnudeln mit Vanillesoße schier in Ekstase. Nach der dritten Portion ekstatisch verputzter Dampfnudeln erhob er sich und fragte, wo die Toilette sei. »Im Vorzimmer, zweite Tür links«, säuselte Frau Hobelberger dezent.

Der enorm wichtige Geschäftsfreund verließ das Esszimmer. Herr und Frau Hobelberger harrten bei einem Cognac seiner Rückkehr. Drei Minuten, fünf Minuten, zehn Minuten. »Sieh nach ihm«, drängte Frau Hobelberger dann, »vielleicht wurde ihm übel, heißen Germteig in derartiger Menge verträgt nicht jeder!« Herr Hobelberger schlich ins Vorzimmer, grübelnd, ob es schicklich sei, Hilfe anbietend an eine WC-Tür zu pochen. Das Grübeln hätte er sich sparen können! Die zweite Tür »rechts«, die Küchentür, stand offen und gewährte Herrn Hobelberger den Blick auf eine wahre Idylle. Der enorm wichtige Geschäftsfreund saß auf dem Schemel, hatte eine Schüssel auf den Knien, putzte mit dem Zeigefinger aus dieser Vanillesoßereste, schob den Zeigefinger in den Mund und schleckte ihn genüsslich ab. Oma Hobelberger war im Türrahmen nicht zu sichten, zu hören war sie wohl. Von Geschirrgeklapper untermalt fragte sie: »Und wos is aus dein Vata wordn, hod er sich derrappelt?«

Der enorm wichtige Geschäftsfreund senkte den Zeigefinger wieder in die Schüssel und sprach: »Totg'soffn, seit zehn Jahr im Holzpyjama. Oda sans jetzt schon zwölf?« Er blickte, über den Sterbetermin seines Vaters sinnend, von der

Schüssel hoch, wurde dadurch des mauloffen im Vorzimmer stehenden Herrn Hobelberger gewahr und rief: »Da ist er ja, der Schasquastl!«

Herrn Hobelberger fiel – um seiner Mutter Ausdrucksweise zu benutzen – »die Lad runter«. Vom enorm wichtigen Geschäftsfreund mit diesem ihn seinerzeit entsetzlich demütigenden Kindheits-Spitznamen angesprochen zu werden, war zu viel! Und als er dann noch sehen musste, wie seine Mutter auf den enorm wichtigen Geschäftsfreund zuhumpelte, ihm die Schüssel vom Schoß nahm und »Jetzt host aber gnua, Bua« sagte, musste er sich am Jugendstil-Kleiderständer festhalten, um das Gesehene und Gehörte in senkrechter Position zu verdauen.

Kurz gesagt: Der Vanillesoße schleckende Geschäftsfreund hatte als Kind in dem Haus gewohnt, wo Oma Hobelberger Hausmeisterin ist, und sie hatte ihn durchgefüttert, bis er mit seinem Vater – seine Mutter war abhanden gekommen – delogiert worden war. Da Sohn Hobelberger zum Zeitpunkt der Delogierung erst vier Jahre alt gewesen war, hatte er klarerweise den um sieben Jahre älteren Nachbarbuben nicht wieder erkannt.

Und dem war es auch nicht in den Sinn gekommen, dass der vornehme Geschäftsfreund Hobelberger das erwachsene »Schasquastl« aus Simmering sein könnte. »Weil«, sagte er, mit Oma Hobelberger um die Soße-Schüssel ringend, »Hobelberger ist zwar kein häufiger Name, aber dass ausn Schasquastl a Etepetete-Typen wie du wird, auf de Idee kommst ja net!«

Nun ist Sohn Hobelberger schwer verunsichert. Bang fragt er sich, wie viele Simmeringer Buben es im Leben »nach oben geschafft« haben, und ob es unter ihnen noch welche gibt, die ihn als Schasquastl entlarven könnten. Oft, in einer Vorstandssitzung oder auf einer Tagung, wenn zwei Herren, die es »weit gebracht« haben, die Köpfe zusammenstecken, fürchtet er, sie könnten tuscheln, ob Direktor Hobelberger nicht eine gewisse Ähnlichkeit mit einem »Schasquastl« aus Kindertagen habe. Hin und wieder überlegt er sogar, wie es wäre, wenn er jedermann freiwillig und unaufgefordert von der Schasquastl-Zeit erzählen würde. Übel wäre das nicht, sagt er sich dann, aber unmöglich! Ehefrau, Tochter und Sohn würden ihm das nämlich nie-nie-nie verzeihen.

V

wie »vergeben und vergessen«

Als ob es um siamesische Gefühls-Zwillinge ginge, kommt dieser milde Ausspruch »Ist alles vergeben und vergessen« immer daher. Obwohl doch das eine mit dem anderen rein gar nichts zu schaffen hat. Zu »vergeben«, was ihm angetan wurde, gelingt dem Menschen mit sehr viel gutem Willen, reichlich Verständnis und allerhand Großzügigkeit. Das Vergebene hernach flugs zu vergessen, ist ihm jedoch – so er nicht unter fortschreitender Verkalkung leidet – ziemlich unmöglich und kann auch einer geistig gesunden Großmutter nicht abverlangt werden.

Bei einem Enkelkind, das noch jung an Jahren ist, ergibt sich das Problem des »Vergessens und Vergebens« sowieso nicht. Ein kleines Kind kann seine Großmutter wohl ärgern, grantig, ratlos, traurig oder wütend machen, es kann ihr arg auf die Nerven gehen, aber es tut ihr garantiert nie etwas an, das sie ihm so übel nehmen müsste, dass sie es ihm zu »vergeben« hätte.

Ein großes Enkelkind hingegen kann schon allerhand anstellen, was seiner Großmutter die Leistung des »Vergebens« abverlangt. Nimmt der fünfzehnjährige Maxi zum Beispiel heimlich den Reserve-Autoschlüssel der Oma aus der Schreibtischlade und fährt mit zwei Freunden mitternächtens ihr schönes, neues Auto in den Graben und total kaputt, ist die Sache für die Oma wohl kaum damit abgetan, dass sie sich denkt: Hauptsache, mein geliebter Maxi und seine zwei Freunde sind heil geblieben und mit dem Schrecken davongekommen! Sie muss dem geliebten Maxi »vergeben«, dass er ihr Vertrauen missbraucht hat, und natürlich auch, dass er ihr riesigen finanziellen Schaden zugefügt hat.

Bettelt die sechzehnjährige Marion so lange ihre Oma an, bis ihr die ihre wunderschöne Korallenkette, ihr einziges Schmuck-Heiligtum, Opas Geschenk zur silbernen Hochzeit, übers Wochenende borgt, und bringt die Marion dann am Montag der Oma bloß eine mickrige Hand voll Korallen und eine Hälfte des goldenen Verschlusses zurück, weil lei-der-leider die Kette in der Disco gerissen ist und der große Rest der Korallen und die andere Hälfte vom Verschluss, trotz stundenlangen Suchens, nicht mehr zu finden waren, hat die Oma auch harte »Vergebens«-Arbeit zu leisten.

Lässt sich sogar »vergeben«, dass der fünfzehnjährige Moritz, während die Oma auf Urlaub in Italien weilte, in ihrer Wohnung mit zwanzig Gleichaltrigen unerlaubterweise eine Party feierte, die damit endete, dass zwei Feuerwehrautos anrücken mussten, um den Brand im Wohnzimmer zu löschen!

Aber »vergessen« werden die Großmütter all das wohl kaum. Wäre auch saudumm von ihnen. Sonst würden sie ihren Autoschlüssel ja wieder unversperrt herumliegen lassen,

Dinge, an denen ihr Herz sehr hängt, arglos verborgen und ihre Wohnung gegen eine ungebetene Gästehorde nicht absichern. Bittere Erfahrungen soll man nicht »vergessen«, man soll aus ihnen lernen!

Mit dem »Vergessen« meint man üblicherweise ja auch bloß: »Reden wir nicht mehr drüber!« Weil nämlich sehr schwer miteinander zu leben und auszukommen ist, wenn man einander ewig vorhält, was einem angetan wurde. Also zieht man – wie's so treffend heißt – einen »Schlussstrich unter die Sache«. Treffend deshalb, weil der Schlussstrich in einer Rechnung nicht hinter dem Ergebnis, sondern vor diesem gezogen wird. Verwahrt der Mensch aber in einem diskreten Ladel seines Hirnkastels einen Stoß »alter Rechnungen mit Schlussstrich«, nagt das üblicherweise an seinem Gemüt. Schließlich sind das ja nichts anderes als »offene Rechnungen«, die drauf warten, ausgerechnet zu werden.

»Schließen« lässt sich solch offene Rechnung im diskreten Ladel des Hirnkastels am leichtesten, wenn die Großmutter kreuz und quer einen dicken Strich durch sie macht und drunter schreibt: »Ich liebe mein Enkelkind, es liebt mich, und damit basta!« Schafft eine Großmutter diese Kreuz- und Querstriche nicht, liegt es wohl daran, dass sie spürt: Ich liebe mein Enkelkind, aber mein Enkelkind liebt mich nicht! Und zu lieben, ohne Gegenliebe dafür zu erhalten, das kann kaum jemand vergeben.

W

wie Wauwau, Wehweh und Wuzifinger

Mit kleinen Kindern hat man »vernünftig« zu reden, mit ihnen in dümmlichem »Baby-Sprech-Quak« zu parlieren, ist lächerlich. Tut man es, nimmt man Kinder nicht ernst, und jedes Kind hat von seinem ersten Erdentag an das Recht, ernst genommen zu werden! Ja, ja, dagegen ist absolut nichts zu sagen, das stimmt garantiert. Nur ist es halt leider so, dass das sichtlich sehr viele kleine Kinder noch nicht überzuckert haben.

Da bezeichnen zum Beispiel in der Familie Berger alle, alle Familienmitglieder einen bellenden Vierbeiner so redlich wie schlicht als »Hund«, und sie hegen nicht den geringsten Zweifel daran, dass Baby Otto einen vierbeinigen Beller ebenfalls »Hund« nennen wird, wenn seine geistige und körperliche Entwicklung so weit vorangeschritten sein wird, dass er das Wort »Hund« aussprechen kann.

Doch dann kommt eines Tages eine alte Dame, eine sehr

entfernte Verwandte, zu Besuch, bringt Baby Otto einen riesigen schwarz-weiß gescheckten Plüsch-Dalmatiner mit und spricht gurrend wie eine Brieftaube: »Schau, Ottilein, so ein lieber Wauwau!« Und Baby Otto grapscht sich den Plüsch-Dalmatiner, drückt ihn verzückt an seine Brust und sagt verklärt: »Wauwau-Wauwau!« Und die nächsten zwei Jahre bleibt jeder Hund für ihn ein »Wauwau«, obwohl ihm Papa, Mama, Oma, Opa und Geschwister geduldig »Hund-Hund-Hund« vorsagen und er doch längst in der Lage wäre, »Hund« zu sagen.

In diesen zwei Jahren müssen alle sehr vernünftig mit ihm redenden Familienmitglieder einfach akzeptieren, dass Klein-Otti gegen den dümmlichen Baby-Sprech-Quak die totale Immunschwäche aufweist! Bloß ein einziges Mal hat den heulenden Otti eine alte Nachbarin gefragt, ob er »ein Aua-aua-weh-weh« habe, seither heißt bei ihm alles, was ihn schmerzt, »Aua-aua-weh-weh«. Seine kleinen Finger nennt er von dem Tag an, an dem die Oma mit seiner Patschhand »Das ist der Daumen, der schüttelt die Pflaumen …« gespielt hat, nur noch »die Wuzi-wuzi«. Und er ist sehr zufrieden mit den Familienmitgliedern, die nachgegeben haben und nicht unentwegt seinen Wunsch nach »Rere« auf »Püree« verbessern, sondern sich ihm brav anpassen und ihn fragen, ob er heute zu Mittag »Rere« haben wolle.

Schadet also wahrlich nicht, wenn eine Großmutter mit ihrem kleinen Enkelkind – wie man das im Wienerischen nennt – »dalkt«, falls es ihr und dem Enkelkind Freude macht. Nur – bittschön! – möge sie die Dalk-Konversation auf die Zwiesprache mit dem Enkelkind beschränken und nicht so komplett in ihrer Großmütterlichkeit aufgehen, dass sie auch ihren lieben Ehemann, der sich beim Nageleinschlagen den

Hammer auf den Daumen gehaut hat, fragt, ob er sich ein arges »Aua-aua-weh-weh« gemacht habe. Den Ehemann, selbst wenn er begeisterter Großvater sein sollte, verwirrt es auch ein wenig, wenn man ihn beim Frühstück bittet, nicht mit dem Buttermesser »Dutt« aus dem Glas zu holen. Von »Marmelade« zu sprechen, hielte er für passender. Und am Abend, wenn er sich im Fernsehen ein Fußballmatch anschaut, will er lieber ein Glas Bier trinken als ein »Pfui-gaksi-Safti«; auch wenn es noch so »süß« gewesen sein sollte, als sein kleines Enkelchen in einem unbewachten Augenblick ein Schlückchen aus Papas Bierglas nahm und dann spuckend »Pfui-gaksi-pfui-gaksi-Safti« prustete.

Soll schon vorgekommen sein, dass ein üppig mit Baby-Sprech-Quak eingedeckter Ehemann nach dreißig langen Ehejahren der Ehefrau »baba« sagte, »futschifutschi« ging und sich woanders ein »Heidiheidi-Betti« suchte.

X

wie Xanthippe und Xenokratie

Der Frau Sokrates – wir wissen es längst – tut man bitter Unrecht, wenn man ihren guten Namen als Schimpfwort zweckentfremdet. Doch der leidgeprüften, tatsächlich »besseren Hälfte« des Herrn Sokrates tut das ja nicht mehr weh, so bleiben wir halt bequemlichkeitshalber dabei, zahnbehaarte Beißzangen weiblichen Geschlechtes »Xanthippen« zu nennen.

Solche gibt es klarerweise auch unter den Großmüttern, da sich die Geburt eines Enkels auf keine Frau wesensverändernd auswirkt. Eine Xanthippen-Oma zu haben, ist unerfreulich, aber solange man zu ihr gehörigen Respektabstand halten kann, leicht hinzunehmen. Missliche Umstände können jedoch dazu führen, dass sich eine Familie einer großmütterlichen Xanthippe unterwerfen muss. Und da die Familie die berühmte »kleinste Zelle des Staates« ist, lässt sich dann von Xenokratie sprechen (so nennt man es, falls man gebildet parliert, wenn ein fremdes Herrscherhaus einen Staat regiert).

Die Hubatkas zum Beispiel leiden nun schon seit zwei Wochen unter einer Xanthippen-Xenokratie. Vater, Sohn und Tochter Hubatka. Weil Oma und Mutter Hubatka unglückseligerweise nach einem Unfall mit »Serienbrüchen« im Krankenhaus liegen.

Bevor ihr Auto an einer Straßenkreuzung von einem anderen Auto mit betrunkenem Fahrer gerammt wurde, hatten die beiden Frauen – schön partnerschaftlich – die Familie regiert. Milde, gütig, humorvoll und so nach- wie einsichtig. Unter der Woche, wenn Mutter Hubatka in der Arbeit war, hatte Oma Hubatka das Kommando gehabt, am Wochenende hatte es Mutter Hubatka von ihr übernommen, um es ihr am Montag in der Früh wieder zu übergeben.

Als klar war, dass Mutter und Oma Hubatka mehrere Wochen im Krankenhaus weilen müssten, also in dieser Zeit die »Regierungsgeschäfte« nicht ausüben könnten, sannen Vater und Kinder, welche Interims-Regierung zu wählen sei. Zur Wahl standen eine nette Nachbarin und eine ebenso nette Großtante. Aber bevor der interfamiliäre Diskussions-Prozess abgeschlossen war, dampfte so unaufgefordert wie unerwünscht Großmutter Blocksberger, Frau Hubatkas Mutter, aus Graz an. Mit zwei großen und zwei kleinen Koffern und drei Reisetaschen. Es sei selbstverständlich, erklärte sie sichelmündig, dass sie »einspringe« und sich die Mühe der Kinderbetreuung und Haushaltsführung aufhalse.

Die Kinder flehten den Vater an, die Blocksberger-Großmutter postwendend heimzuschicken. »Diese Xanthippe ist uns nicht zuzumuten«, sagten sie. »Diese Xanthippe ist auch mir nicht zuzumuten«, sagte seufzend der Vater. Aber er schaffte es nicht, seine Schwiegermutter vor die Tür zu setzen. Und seine »dezenten Hinweise« verstand die Person nicht! Wer davon überzeugt ist, aufopfernd ein gutes Werk zu tun, kommt eben gar nicht auf die Idee, »unerwünscht« zu sein. Großmutter Blocksbergers Ansicht nach haben Schwiegersohn und Enkelkinder über ihren selbstlosen Einsatz glücklich und dankbar zu sein. Wie das Xanthippen so an sich haben, kommt sie natürlich auch nicht auf die Idee, sich den Verordnungen und Gesetzen anzupassen, die im »Staate Hubatka« bislang Geltung hatten. Sie führt neue, ihrer Meinung nach bessere, ein. Und verstößt ein »Staatsbürger« gegen die neuen Verordnungen und Gesetze, weist sie ihn mit scharfen Worten ausführlich zurecht.

»Durchhalten, Kinder, durchhalten«, fleht Vater Hubatka jeden Abend Sohn und Tochter an. »Es dauert nicht ewig, bald kommen die Omi und die Mami heim.«

»Du hast leicht reden«, halten ihm dann die Kinder vor. »Du bist den ganzen Tag im Büro, und seit die Xanthippe da ist, machst du dauernd Überstunden! An uns geht alles aus, wir müssen die Alte ausbaden.«

»Also bitte!«, protestiert hierauf Vater Hubatka. »Jeden Abend, wenn ich saumüde heimkomme, muss ich mir ewig lang ihr Gekeif über euch anhören. Und am Wochenende konzentriert sich die Vettel doch total auf mich und triezt und tratzt mich viel mehr als euch!«

Solche Gespräche führen Vater und Kinder flüsternd im Badezimmer. Das ist der einzige Raum, den Großmutter Blocksberger nur nach vorherigem mehrmaligem Anklopfen betritt; weil sie der Ansicht ist, dass selbst Familienangehörige einander schicklicherweise nur völlig bekleidet sehen sollten.

Manchmal, wenn sie sich von der Blocksberger-Fremdherrschaft zu arg unterdrückt fühlen, flüchten Vater und Kinder auch in den Keller runter, in den Hobby-Raum. Dort hocken sie dann und schmieden Putsch-Pläne.

»Morgen, wenn ich von der Schule heimkomme«, sagt der Sohn, »marschiere ich glatt mit den Straßenschuhen bis ins Wohnzimmer rein und hau mich mit ihnen auf die Couch, auch wenn sie noch so dreckig sind!« Blocksberger-Gesetz ist es nämlich, sich der Straßenschuhe vor Betreten des Hauses, auf dem Fußabstreifer, zu entledigen.

»Morgen«, überbietet ihn seine Schwester, »schöpfe ich mir den Teller randvoll mit Gulasch und lasse dann die Hälfte einfach stehen!« Blocksberger-Gesetz ist auch, alles aufzuessen, was man sich auf den Teller geladen hat.

»Morgen«, trumpft der Vater auf, »schaue ich mir im Fernsehen das Fußballmatch an und schere mich einen feuchten Staub drum, ob sie unbedingt diesen saublöden Rosamund Pilcher-Schmarrn sehen will!«

Das schafft ihren schwer beladenen Gemütern ein wenig Erleichterung. Aber morgen dann steht Großmutter Blocksberger zu Mittag mit grimmiger Miene an der Haustür und keift dem Enkel entgegen: »Die Schule ist seit dreiundvierzig Minuten zu Ende. Kannst du dir nicht endlich angewöhnen, pünktlich heimzukommen? Wozu kocht man ein ordentliches Mittagessen, wenn es so lange auf dem Herd steht, bis alle Vitamine kaputt sind? Und wo ist deine Mütze? Willst Ohrenstechen kriegen? Dass du Mittelohrentzündung kriegst, hätte mir gerade noch gefehlt!«

Da vergeht Sohn Hubatka die Lust, Straßenschuh-Widerstand zu leisten, da will er nur noch so schnell wie möglich seine Ruhe haben, und die hätte er nicht, würde er beschuht die Schwelle überschreiten.

Tochter Hubatka kommt auch nicht zur Ausführung ihres Widerstandsvorhabens. Kaum hat sie sich zum Tisch gesetzt, hält ihr Großmutter Blocksberger eine lange Predigt über das Händewaschen vor dem Essen, über Dreckfinger mit Trauerrändern und über Ellbogen, die nicht auf den Tisch gehören, sondern eng am Körper zu liegen haben! »Aber dass ein Mädchen«, ätzt sie abschließend, »das Nase bohrt und mit offenem Mund lacht, diese Anstandsgrundregeln nicht beherrscht, ist kein Wunder!« Da vergisst Tochter Hubatka vor lauter neuem Groll auch den Gulaschrest-Protest.

Aus Vater Hubatkas TV-Aufstand wird auch nichts, denn um den auszuführen, müsste er Großmutter Blocksbergers rechter Hand die TV-Fernbedienung entwinden, und Brachialgewalt gegen seine Schwiegermutter anzuwenden, wagt er nicht.

Einziger Lichtblick im Hubatka-Leben: die Tag für Tag näher rückende Heimkehr von Mutter und Oma. Der Herr Primar hat sie für Samstag nächster Woche versprochen. Nun pickt im Hubatka-Wohnzimmer ein großer Bogen Papier an der Wand, drauf sind viele briefmarkengroße Quadrate. Eines für jede Stunde bis zum Samstag nächster Woche, zehn Uhr. Um zehn Uhr, haben die Hubatkas eruiert, werden üblicherweise geheilte Patienten aus dem Krankenhaus entlassen. Jeden Abend, vor dem Schlafengehen, malen Sohn und Tochter Hubatka die Stunden-Quadrate tiefschwarz aus, die seit gestern Abend vergangen sind, und schöpfen Lebensmut daraus, dass langsam, langsam die schwarzen Quadrate mehr und mehr werden und bereits in der Überzahl sind. Und Großmutter Blocksberger keift, dass es der Tapete schadet, wenn man Papier mit Tixoband an ihr befestigt, und will zudem wissen, was dieser »hässliche Unfug« an der Wand überhaupt soll? Aber das erklärt ihr niemand.

Wäre natürlich schön, der Geschichte ein Happy-End zu verpassen. Nur geht das realistischerweise nicht. Realistischerweise vermutet, werden Samstag nächster Woche Mutter und Oma Hubatka heimkehren, Oma Blocksberger wird nach Graz retour fahren, reichlich verbittert. Man hat eben keinen Dank, wird sie, im Zuge sitzend, denken, da kann man sich abstrudeln und aufopfern, sie nehmen es als selbstverständlich hin! Dann wird sie trutzig zum Fenster rausblicken und sich sagen: Aber wenigstens habe ich den Kindern ein bisschen beigebracht, wie man sich zu benehmen hat!

PS: Ein kleines Happy-End könnte man realistischerweise doch für die Geschichte finden. Zu Graz nämlich, da lebt auch der Blocksberger-Großvater. Und der hatte garantiert, während sich seine Xanthippe in Wien aufopferte, die schönsten Wochen seines jahrzehntelangen Ehestands.

Y wie Yoga

Sagt Frau X zu Frau Y: »Also, den Fortbildungs-Abendkurs kann ich mir abschminken. Weil meine werte Frau Mama auf ihr freitägliches Yoga-Training auf gar keinen Fall verzichten will und daher nicht zur Carmen babysitten kommen kann!«

Fragt Frau Y Frau X: »Ja, um Himmels willen, hast du deiner Mutter denn nicht gesagt, wie ungeheuer wichtig dieser Kurs für dich wäre?«

Antwortet Frau X: »Natürlich habe ich ihr das gesagt, sehr ausführlich sogar, aber ihr – hat sie mir erklärt – ist das Yoga-Training eben ungeheuer wichtig!«

Fragt Frau Y Frau X: »Kann sie denn diesen Yoga-Unfug nicht auch an einem anderen Abend betreiben, warum kapriziert sie sich gerade auf den Freitag?«

Antwortet Frau X: »Weil dieser komische Yoga-Yogi nur am Freitag Zeit für sie hat, behauptet sie wenigstens.« Dann seufzt sie innig und fügt hinzu: »Aber im Grunde ist das ja typisch für meine Mutter. Wenn man einmal, ein einziges Mal, etwas von ihr will, dann ist das gleich eine Zumutung!«

Selbigen Tages sagt die Mutter von Frau X zur Mutter von Frau Y: »Meine Tochter möchte, dass ich ab nächster Woche jeden Freitag zur Carmen babysitten gehe, weil sie einen Abendkurs machen will.«

Fragt die Mutter von Frau Y: »Ja, um Himmels willen, weiß sie denn nicht, dass du jeden Freitag seit zehn Jahren zum Yoga gehst?«

Antwortet die Mutter von Frau X: »Natürlich, aber ihr Kurs – hat sie mir erklärt – ist beruflich ungeheuer wichtig für sie.«

Sagt die Mutter von Frau Y: »Lass dich bloß nicht breitschlagen. Du tust mehr als genug für sie, bist die ganze Woche für sie im Einsatz, putzt ihre Wohnung, bügelst ihre Wäsche, gehst für sie einkaufen, kochst ihr die Kühltruhe voll, nimmst die Carmen übers Wochenende zu dir, wenn ihr neuer Freund kommt, das reicht! Dein einziges Vergnügen, das Yoga-Training, wirst du wegen ihr jetzt nicht auch noch aufgeben!«

Sagt die Mutter von Frau X: »Sowieso nicht, da bleibe ich hart. Aber im Grunde ist das typisch für meine Tochter. Wenn man einmal, ein einziges Mal, nicht tut, wie sie will, ist das gleich eine Zumutung!«

Tja, und wem geben wir nun Recht? Da dies ein Oma-Buch ist, klarerweise der Mutter von Frau X. Und dabei wollen wir großzügig übersehen, dass Frau X am Samstagvormittag ganz gern selbst mit der Carmen Großeinkauf machen würde, weil sie erstens Einkaufs-Trips liebt und zweitens die Sachen, die ihre Mutter kauft, nicht optimal findet. Ferner, dass Frau X ihre Mutter für einen Putzteufel und deren Reinigungsaktionen in ihrer Wohnung für unnötig hält, dass sie es zudem als reine Kraft- und Energieverschwendung sieht, Bettwäsche, Handtücher, Hangerln und Unterwäsche zu bügeln, und dass sie alle vorfabrizierten, tiefgekühlten Gerichte, mit denen ihre Mutter vorsorglich die Kühltruhe füllt, der Nachbarin schenkt, weil ihre Mutter – genauso wie in ihren Kindertagen – beim Kochen keinerlei Rücksicht auf ihre Ess-Vorlieben nimmt. Und dass ihre Mutter die kleine Carmen jeden Samstag am Morgen abholt und bis Sonntagabend zu sich nimmt, geht Frau X eigentlich auch ziemlich gegen den Strich. Weil sich das Kind deshalb, glaubt sie, nicht an ihren neuen Freund gewöhnen kann und der neue Freund nicht an das Kind. Sie protestiert bloß nicht entschieden dagegen, weil sie ihre Mutter nicht kränken will.

Woraus man, wenn man all das nicht ignorieren wollte, zum Schluss kommen könnte: Großmütter täten gut daran, stets zu überlegen, welche ihrer Hilfstätigkeiten wirklich erwünscht sind und welche bloß – so seufzend wie unbedankt – hingenommen werden.

Z wie Zärtlichkeit

Zu meinen allerschaurigsten Kindheitserinnerungen zählen die »Augenbussis« meines Großvaters mütterlicherseits. Der gute Mann kam gottlob nicht sehr oft zu Besuch, weil die Beziehung zu seiner Tochter keine harmonische war. Doch jedes Mal, nachdem er »sich angesagt« hatte, schmiedeten meine große Schwester und ich Pläne, wie diesmal seinen schrecklichen »Augenbussis« zu entkommen sei.

Aber wie das halt mit Kinderplänen meistens geht, unsere Verweigerungspläne scheiterten immer kläglich, und wir mussten wieder brav zur Begrüßung vor dem ungeliebten Graus-Großvater antreten. Nicht, dass unsere aufmüpfigen Pläne untauglich gewesen wären, sondern einfach deshalb, weil unsere Mutter, wenn der alte Knacker an der Tür klingelte, händeringend flehte: »Bitte, seid lieb, lasst es über euch ergehen, es ist ja eh schnell vorüber. Sonst muss ich mir wieder anhören, dass ich euch nicht gut erzogen habe!«

»Augenbussis« gingen folgendermaßen vor sich: Das Kind hatte sich vor den Großvater hinzustellen und erhobenen

Hauptes zu ihm hochzublicken. Dann grapschte sich der Großvater mit seinen beiden Schwitz-Händen den Kindsschädel, rechte Pfote auf dem linken Kindsohr, linke Pfote auf dem rechten, und kommandierte, während er sich vorbeugte und sein Germteiggesicht mit der riesigen Erdäpfelnase dem Kindsgesicht näherte: »Augen zu!«

War das Kind diesem Kommando folgsam nachgekommen, applizierte er mit qualligen Lippen je einen langen, speicheltriefenden Kuss auf beide Kindsaugen, wobei hin und wieder auch seine lappig weiche Zunge mitarbeitete. Nachdem das vollbracht war, durfte sich der Kindskopf aus dem Schraubstockgriff der großväterlichen Pfoten rauswinden.

Und streng verboten war es, sich nach überstandener Kuss-Tortur die großväterliche Spucke von den Augen zu wischen! Das hatte ich einmal getan, und der alte Knacker hatte es völlig richtig als Ablehnung seiner »Zärtlichkeit« verstanden und meiner Mutter vorgehalten, dass nur ein ungeheuer schlecht erzogenes, total »wie Kraut und Rüben aufgewachsenes« Kind solch unsäglich ungehöriges Verhalten wage.

Noch heute, mehr als ein halbes Jahrhundert später, bekomme ich die eiskalte Gänsehaut den Rücken runter, erinnere ich mich daran, wie mir zumute war, wenn die grauenhafte Alte-Männer-Spucke schön langsam auf meinen Augenlidern auftrocknete und – sicher eine subjektive Wahrnehmung! – zu einem dünnen, aber festen und klebrigen Belag wurde.

Müßig, darüber zu sinnen, ob ich den mütterlichen Großvater wegen dieser Augenbussis verabscheute oder die Augenbussis verabscheute, weil ich den Großvater nicht leiden konnte. Ist schließlich unvorstellbar, dass ein liebenswerter Mensch nicht merkt, ob seine Küsse willkommen sind, und vor allem, dass er überhaupt Küsse von solcher Negativ-Qualität absondern könnte.

Ein liebenswerter Mensch fordert übrigens von Kindern auch keine Zärtlichkeiten ein! Einem Enkelkind aufdringlich eine Wange hinzuhalten und es so neckisch wie gekränkt zu fragen: »Na, kriegt deine arme Omi denn heute gar kein Bussi von dir?«, ist grob unzulässig. Wenn ein Enkelkind küssen und kuscheln will, küsst und kuschelt es sowieso ungebeten drauflos. Niemand, auch eine Großmutter nicht, hat ein Recht auf aktive oder passive Zärtlichkeit!

Nur ist es oft halt so, dass gerade Großmütter ein großes Manko an Streicheleinheiten haben. Ihre Ehemänner – so noch vorhanden – haben sich im Laufe der Jahrzehnte abgewöhnt, zärtlich zu ihnen zu sein, ihre Kinder lieben sie möglicherweise zwar sehr, drücken das aber eher durch nette Worte als durch zärtlichen Körperkontakt aus, und sich »außerfamiliär« einen Kuschel-Schmuse-Partner zu suchen, liegt braven Omas nicht und ist zudem, je älter Frauen werden, ein umso mühsameres, wenn nicht gar erfolgloses, Unterfangen.

Um sich wirklich gut zu fühlen, braucht jedoch fast jeder Mensch ein gewisses Quantum an zärtlichen Körperkontakten, er will von geliebten Menschen berührt werden und geliebte Menschen berühren. Er will streicheln und gestreichelt werden, küssen und geküsst werden, an sich drücken und gedrückt werden, Wange an Wange verweilen und weiß der Himmel was alles noch an seelen- wie leibwärmenden Zärtlichkeiten austauschen. Ist auch sehr verständlich, dass eine Großmutter ihr Zärtlichkeits-Minus nicht einfach hinnehmen mag und gegen es hartnäckig ankämpft! Nur sollte sie nicht die hilf- und machtlosesten Familienmitglieder, die armen Enkel, dazu zwingen, ihren Bedarf an Zärtlichkeit zu stillen.

Bringt ja auch nichts! Falls das Enkelkind brav tut, wie die Großmutter will, schmatzt es halt schnell »Küsschen auf Omi« und trollt sich dann hurtig, oder es sitzt auf der Großmutter Schoß wie auf den sprichwörtlichen »heißen Kohlen« und wartet auf die erstbeste Gelegenheit, um runterzurutschen und das Weite zu suchen.

Sich im Falle von Zärtlichkeitsverweigerung zu fragen: »Was mache ich denn bloß falsch?«, bringt auch nichts.

Muss ja nicht an der Großmutter liegen, wenn das Enkelkind nicht küssen-kuscheln-kosen will. Kinder haben halt so ihre sanften Schmuse-Zeiten und ihre beinharten Ablehnungs-Zeiten. Und akzeptiert man Letztere so widerspruchslos wie einsichtig, wird man – wenn Erstere wieder anbrechen – überreichlich entlohnt.